오늘은
위
스
키

오늘은 위스키

초판 1쇄 발행 2025년 12월 25일

글 달리레코드 **그림** 이새
발행처 주식회사 스푼북 **발행인** 박상희 **총괄** 김남원
편집 길유진 박선정 이민주 이지은
디자인 정진희 권수아 **마케팅** 박병건 구혜정
출판신고 2016년 11월 15일 제2017- 000267호
주소 (03993) 서울시 마포구 월드컵북로6길 88-7 ky21빌딩 2층
전화 02- 6357- 0050(편집) 02- 6357- 0051(마케팅)
팩스 02- 6357- 0052 **전자우편** book@spoonbook.co.kr

ISBN 979-11-6581-616-2 (03810)

Dreamday 는 스푼북의 성인책 브랜드입니다.

중독은 아니고, 취향입니다 ──────

오 늘 은
위 스 키

달리레코드 글ㅣ이새 그림

Dreamday

위스키라는 말은 '생명의 물'이라는 뜻의 게일어에서 유래했다. 과거 연금술사들에 의해 개발된 증류 기술이 훗날 수도사들에게 전해졌는데, 초기에는 치유 목적으로 사용되었다고 한다. 그러다 점차 농장이나 자택에서 음용되면서 약이 아닌 음료로 즐기게 되었다.

그렇다면 우리나라 사람들은 언제부터 위스키를 마시게 되었을까? 위스키가 우리나라에 처음 등장한 건 1883년 〈한성순보〉에서다. 〈한성순보〉에서는 위스키 발음을 한자로 옮긴 '유사길'로 위스키를 소개했다. 유사길이라니, 갑자기 사람 냄새가 물씬 풍기는 듯하다.

내가 처음 위스키를 마신 건 대학생 때였다. 편의점에서 큰 맘 먹고 위스키를 샀다. 그날은 왠지 사치를 부리고 싶었다. 그러다 히스 씨 덕에 위스키를 좋아하게 되었다. 아니, 좋아하려고 노력했다. 생각만으로도 애틋함이 차올라 목구멍이 막히고 코끝이 찡해 오는 그가 술 한잔 같이하고 싶다는데 안 될 게 뭐가 있겠는가?

한 잔 두 잔 같이 즐기다 보니 어느새 위스키의 매력에 빠졌고, 지금은 곧잘 위스키를 즐긴다. 가끔 우리를 중독자처럼 보는 이들도 있는데, 그럴 때면 이렇게 말한다. 혹시 당신보다 인생의 낙을 하나 더 알고 있는 게 부러운 거냐고.

이 책에는 나와 히스 씨가 위스키와 함께한 여러 날이 담겨 있다. 위스키를 알아 가며 즐거웠던 기억이 누군가에게 잔잔한 재미가 되었으면 좋겠다. 그리고 조금은 유익했으면 한다. 위스키를 즐기는 사람들이 점차 늘어나길 고대하며, 우리와 잔을 부딪쳐 준 모든 이에게 이 글을 바친다.

차례

그때 그 위스키

뜨거웠던 후지산로쿠

언제였더라. 그래, 14년 전이다. 아직도 멈칫할 정도로 생생한 그 시절 위스키는 그저 취하기 위해 마시는 술이었다.

우리는 파릇파릇했던 이십대 초반 바다 건너 일본에서 만났다. 그리고 어영부영 시작된 그와의 연애. 굴러가는 돌만 봐도 웃음이 터진다던 나이였다. 술자리를 빼놓을 수 없는 시기이기도 했다. 가진 거라고는 말랑말랑한 감성과 든든한 체력밖에 없던 유학생들은 수업을 마치고 아르바이트를 다녀온 뒤에 약속이라도 한 듯 언제나 그곳으로 모였다.

그때 우리 아지트는 요리 솜씨가 좋은 히스 씨의 방이었다. 그리고 방을 찾은 이들의 손에는 어김없이 술이 들려 있었다.

우리는 거나하게 마시고 얼큰하게 취해서는 버스가 끊긴 시간이 훌쩍 지나서야 방을 벗어났다. 하지만 슈퍼맨도 울고 갈 체력의 청춘들은 뭐가 그렇게 아쉬운지, 세 시간을 걸어 가라오케로 다시 들어가곤 했다. 그러고 나서 날이 환해져서야 집으로 돌아갔다.

히스 씨의 집에 가면 그는 언제나 따뜻한 안주를 차려 주었다. 가라오케에서 김경호의 노래 '아버지'를 기가 막히게 부른 후로 그는 우리에게 아버지라 불리었고, 어째서인지 나는 그를 졸졸 쫓아다니기 시작했다.

어느 날에는 재주 많은 히스 씨의 안주에 어울리는 술을 한 병 사기 위해 편의점에 들렀다. 배는 고프고 주머니는 가볍지만, 왜인지 술에는 사치를 부리고 싶었다. 고민 끝에 고른 술은 후지산로쿠. 지금 생각해 보면 시골 유학생들이 그걸 어떻게 매일 마실 수 있었을까 신기하지만, 그때는 그랬다.

당시 후지산로쿠는 편의점에서 흔하게 볼 수 있는 위스키였고, 아르바이트로 하루를 마감하는 학생들에게도 나름 만만한 가격의 맛 좋은 술이었다. 물론 지금의 가격대였다면 그렇게 자주 마시지는 못했을 거다. 아마 좀 더 저렴한 술을 찾지 않았을까?

알코올 도수가 50도인 이 훌륭한 위스키에는 당연하게도 불이 붙는다. 히스 씨의 부엌에 있는 가지각색의 컵들에 위스키를 가득 따른 다음 라이터를 튕기면 영롱한 파란 불꽃이 올라왔다. 위험천만한 이 술은 당연히 원샷.

우리는 유난히 흥겨운 날이면 후지산로쿠에 불꽃을 만들어 마셨다. 신중한 몇몇은 차분하게 불과 위스키를 들이켰고, 흥에 겨운 이들은 단숨에 불덩이를 삼켰다. 다행히 뜨거운 푸른색 화염은 단 한 번도 술잔 밖으로 나온 적이 없다. 물론 상처를 입은 사람도 없다.

안타깝게도 나의 첫 위스키가 어떤 맛이었는지는 기억나지 않는다. 당시에는 맛있다고 말하며 마셨던 것 같은데, 곰곰이 생각해 보면 맛으로 마셨던 것 같지는 않다. 어쩌면 그건 '위스키'라는 술이 만들어 낸 착각 아니었을까. 실제 위스키의 맛보다 우리가 위스키를 마시고 있다는 만족감이 만들어 낸 달콤한 같은.

어찌 되었든 그때 그 푸른 불꽃이 일렁이던 위스키 잔은 어언 10년이 훌쩍 지난 지금도 우리에게 즐거운 추억이자, 맛깔

나는 안줏거리다. 혀끝으로 기억하는 맛이 아닌, 뇌리에 박히는 불꽃의 맛으로.

후지산로쿠는 후지산 기슭의 원주_{숙성하기 전의 증류액}를 엄선하여 블렌딩한 고텐바 증류소의 대표작이다. 블렌디드 위스키는 종류가 다른 위스키를 혼합해서 만드는데, 후지산로쿠는 각각의 원주가 개성을 발휘하는 절묘한 순간을 잡아냈다고 한다. 서양배, 파인애플, 오렌지 등 달콤하고 화려한 과일 향이 특징이다.

유니 씨의 발렌타인 17년

기꺼이 우리와 함께 삼총사가 되어 준 유니 씨는 괴짜다. 독특한 행동과 말투로 쉽게 다가가기 힘든 성향을 지녔음에도, 낯가림까지 심해서 학창 시절에는 그를 무서워하는 이들도 더러 있었다. 소문내기 좋아하는 이들은 가십거리 삼아 떠들어 대기도 했다.

하지만 우리가 아는 유니 씨는 정의감과 솔직함에 충실한 사람이다. 그는 애니메이션을 전공했고, 독립 영화를 만들 만큼 예술에 대한 열정이 있었다. 종종 기타를 치며 노래를 만들고, 그 기타를 들고 노래를 부르러 밤거리에 나서기도 했다. 언젠가는 방학 때 제주도에 다녀왔다며 직접 물들인 생활한복을 일본에서 입고 다니기도 했다.

이런 사람이 좋아하는 사람 앞에서는 손가락만 쳐다보고 아무 말도 못 한다. 답답한 그의 모습에 고구마 100개를 먹은 듯한 기분을 느낀 적이 한두 번이 아니다. 하지만 이것도 그의 매력이라면 매력일 것이다. 언젠가 그 매력을 알아봐 주는 누군가가 나타나겠지. 그러고 보니 우리 셋은 평범함에서 조금씩 벗어나 있다는 점에서 서로 닮은 것도 같다.

유니 씨는 통통하게 살이 오른 고양이 한 마리가 있는 2층 건물의 1층, 다다미가 깔린 널찍한 방에 살았다. 유니 씨가 없어도 아무나 수시로 들락거리던 그 방은 담배 연기로 누렇게 색이 바랜 벽지에, 책상에는 스케치북이 놓여 있었고, 그 옆에는 기타가 세워져 있었다. 그리고 작은 접이식 테이블에는 로열 밀크티 1리터와 담배 한 갑을 사고 남은 동전 몇 개, 다 먹은 카페오레 곽에 담배꽁초로 만든 우스꽝스러운 선인장 화분 하나, 굴러다니는 병 뚜껑들. 그 사이에서 단연 빛났던 건 발렌타인 17년산이다.

어떤 일에도 턱을 긁적이며 웃어넘길 것만 같았던 그가 분노했던 일이 있었다. 후배인 서기 씨가 여느 때처럼 주인 없는 유니 씨의 방에 들렀다가 발렌타인 17년을 홀라당 비워 버린 것이다. 한두 잔 홀짝인 것도 아니고, 그걸 다 비우다니 겁도 없지.

다행히 우리를 깜짝 놀라게 했던 유니 씨의 화는 오래가지 않았다. 그리고 서기 씨는 그해 여름 방학 때 한국에 다녀오면서 발렌타인 한 병을 들고 왔다. 우리는 다 같이 모여서 서기 씨가 사 온 발렌타인을 그 자리에서 다 마셨다. 그때 서기 씨의 표정은 뭐랄까, 이제야 마음의 짐을 벗었다는 듯 더할 나위 없이 개운해 보였다.

이 사건 이후로 우리는 절대 유니 씨의 발렌타인을 건드리지 않았고, 유니 씨가 건네줄 때만 맛을 봤다. 마음껏 마실 수 없어서였을까, 감질나게 얻어 마시던 그 맛은 말로 표현할 수 없을 정도로 황홀했다.

유니 씨는 여전히 술을 아주 좋아하고, 좋아하는 것들을 곁에 두고 즐기며 산다. 얼마 전부터는 국궁을 배우러 다닌단다. 유니 씨답다. 유니 씨는 뜨거운 사랑과 이별을 겪고 또 사랑을 찾아 방황했다. 지금은 긴 머리도 자르고, 행색도 많이 평범해졌다. 사회의 물이 좀 들었달까. 모든 게 많이 변했다. 유니 씨

도 우리도. 하지만 다시 그때로 돌아간다면 변함없이 그 방에
주저앉아 함께 위스키를 홀짝이겠지.

발렌타인 위스키의 시작은 1827년으로 도둑들로부터
술을 지키기 위해 청각이 예민한 거위들을 숙성 창고에
두고 경비를 세웠다는 일화가 유명하다. 영국 왕실의 문
장을 사용하도록 허가하는 '로열 워런트'를 빅토리아 여
왕으로부터 받았다.
발렌타인은 한국 사람들에게 익숙한 위스키다. 우리네
아버지들의 낭만과 로망이 담겨 있달까. 꽤 묵직함이 느
껴지는 제품으로, 위스키를 처음 마시는 사람에게 추천
할 만하다.
유니 씨가 소중하게 아껴 가며 머그잔에 따라 마시던 발
렌타인 17년은 흔히들 말하는 '구형'이다. 지금은 디자
인이 바뀌었는데, 도수를 43도에서 40도로 낮추었다.

🥃 소주에 야마자키라니!

무더운 여름, 금요일 저녁의 공덕역은 퇴근 후 달려온 직장인들로 가득했다. 역 앞에 미리 도착해 있던 우리는 눈앞에 늘어선 포장마차에서 새어 나오는 튀김 냄새에 이끌려 결국 핫도그를 하나씩 집어 들었다. 입으로는 핫도그를 먹으면서, 눈으로는 앞에 있는 떡볶이와 순대를 감상했다.

핫도그를 다 먹을 즈음 촌뜨기 멤버들이 다 모였다. 흡사 첫화부터 마지막 화까지 같은 옷을 입고 등장하는 만화 속 캐릭터 같은 우리들. 주인공은 아니고, 주인공 친구 같은 멤버들. 그래서 더 재미있고 편한 관계.

오늘의 메뉴는 곱창이다. 맛깔스러운 떡볶이와 순대를 참아

22

낸 이유다. 우리는 알록달록한 포장마차 거리를 지나 목적지로 향했다. 포장마차에서 폴폴 풍겨 오는 냄새는 침샘은 물론 감성까지 자극했다.

드디어 목적지에 도착. 주황빛 거리의 따스하면서도 몽글몽글한 분위기가 식당 안까지 이어져 있었다. 손님들로 가득한 식당에서 우리는 운 좋게도 곧바로 빈 테이블을 안내받았다. 앉자마자 모둠 곱창에 소주 세 병을 주문하고는 직원이 떠나기가 무섭게 저마다의 이야기를 쏟아 놓았다.

그동안 서기 씨는 이사를 했다. 동이 씨는 게임 회사에 입사했고, 제이 씨는 그 옆에 게임기 회사에 들어갔다. 그리고 유니 씨는 음악을 만들었다고 하면서 들어 보겠냐고 했지만 아무도 대답하지 않았다. 또 주이 씨는 자동차 회사에 들어갔는데 일본으로 발령이 났다고 한다.

쉴 새 없이 잔이 채워지고 비워지고 또 채워졌다. 분위기가 무르익을 즈음 서기 씨가 조용히 가방에서 야마자키 12년을 꺼냈다. 정확히 어떤 술인지 몰랐지만 값 좀 나가 보이는 외형에 다들 빈 잔을 내밀었고, 그 귀한 술을 소주잔에 받아 꿀꺽하고 넘겼다. 제법 맛이 있었던 건 기분 탓은 아니겠지. 당시에

　는 면세점에서 6,000엔^{약 56,000원} 정도에 살 수 있었다는 걸 생각
하면 그리 대단한 일은 아니지만, 현재 국내에서 30만 원 가까
이에 판매하는 걸 생각하면 그때 일이 새삼스럽게 느껴진다.

　누군가 곱창에 소주로 취기가 오른 상태에서 야마자키 12년
을 꺼내 든다면 조용히 내려놓고 더 좋은 날을 기약하겠다. 이
제 이 술은 좀 더 또렷한 정신으로 맛을 음미해야 하는 가격이
되었다. 야마자키가 전 세계적으로 인기가 많은 제품인 데다,

숙성 연수가 있는 병은 한정 수량만 생산하기 때문에 고숙성 제품일수록 가격이 천정부지로 뛰어오른다. 세월 따라 높아진 가격이 아쉽지만, 대체할 수 있는 위스키들이 많아서 요즘에는 야마자키를 찾는 일이 거의 없다.

곱창 집을 나와서는 한참을 거닐다 펍에 들어갔다. 그리고 어디를 갔더라. 우리는 아침이 밝아 올 때까지 어딘가에 있었고, 무언가를 먹었고, 끊임없이 이야기했다. 그리고 아침으로 순댓국을 먹었다. 건더기가 가득하고 시원한 순댓국을.

한여름 밤, 곱창을 안주 삼아 소주잔에 꿀꺽 마시던 야마자키 12년은 2003년 일본 위스키로는 최초로 국제 증류주 대회인 '인터내셔널 스피리츠 챌린지ISC'에서 금상을 받으며 이름을 알렸다. 풍부하며 깊은 맛과 과일과 꽃을 떠올리게 하는 향으로, 위스키 입문자들에게 추천하는 제품이다.

2장

위스키를 알아보기로 했다

던전에서의 첫 구매

위스키에 관심을 갖게 된 건 어느 유튜브 영상을 보고 나서부터다. '집에 두고 먹기 좋은 무난하고도 가성비 좋은 위스키'를 알려 주는 영상이었는데, 외국에서 생활하는 여성이 방에서 제임슨을 마시며 소개하는 내용이었다. 맥주를 홀짝이며 영상을 보고 있으니, 유학 시절 편의점에서 저렴한 위스키를 사 마시던 추억이 몽글몽글 피어났다.

다음 날, 다가오는 명절에 아빠께 드릴 선물로 발렌타인을 한 병 사야겠다는 핑계로 히스 씨와 함께 남대문 시장에 갔다. 다양한 위스키를 저렴한 가격으로 구할 수 있는 남대문 시장은 위스키 마니아들 사이에서 '던전', '남던'으로 불린다. 국내에서는 이만한 위스키 시장을 찾기가 힘들다.

처음 찾아간 남대문 시장의 주류 판매장은 정말이지 '던전'이라는 단어가 잘 어울리는 곳이었다. 술들이 빼곡하게 진열된 그곳에 발을 디디니, 반짝이는 보석으로 가득 찬 동굴에 들어온 기분이 들었다.

하지만 이곳에서 술을 사려면 정신을 바짝 차려야 한다. 구매하려는 술이 어느 정도 가격에 판매되고 있는지 충분히 알아보고 오는 게 좋다. 특히나 위스키는 가게마다 부르는 가격이 다를 수 있고, 경제 상황에 따라서도 가격이 변동된다. 해외 교류가 어려워질 때면 가격이 크게 오를 수도 있으니, 되도록 최신 정보를 알고 있는 게 좋다. 무엇보다 상인들의 현란한 말솜씨에 넘어가지 않도록 조심해야 한다.

만반의 준비를 끝냈다면 득템을 노려 보자. 우리가 여기서 처음 구매한 위스키는 아빠를 위한 발렌타인 21년과 유튜브 영상에서 소개되었던 제임슨이었다. 지금이야 이것저것 구경도 하고 양손 무겁게 가방을 채우고 나서야 나오겠지만, 당시에는 아는 게 없어서 욕심도 없었기에, 이것만 사고 그곳을 벗어났다.

그런 다음 곧바로 영상 속 유튜버가 위스키를 따라 마셨던 술잔을 찾아 나섰다. 이왕 따라 한 거 최대한 똑같이 흉내 내고 싶었다. 우리는 시장 위층에서 위스키를 마실 때 가장 흔하게 쓰이는 글렌케런 글라스를 샀다. 아니, 글렌케런 글라스와 비슷하게 생긴 잔을 샀다. 그러니까 그건 복제품이었는데, 정품보다 훨씬 저렴하고 형태가 제법 그럴싸한 탓에 업장에서도 심심치 않게 볼 수 있다. 물론 우리는 그게 글렌케런 글라스인 줄 알고 샀다.

글렌케런 글라스는 세계적인 위스키 전문지인 〈위스키 매거진〉과 전 세계에서 열리는 위스키 박람회인 '위스키 라이브'의 공식 글라스다. 향과 맛을 최적으로 느낄 수 있도록 설계된 잔이라나?

위스키 잔은 종류도 모양도 여러 가지라 찾아보는 재미가 있다. 한동안은 위스키 잔 모으기에 빠져 부엌 찬장이 포화 상태였다. 쳐다보는 것만으로도 배가 불렀는데, 결국 꺼내 드는 건 항상 같은 잔이라 이제는 모으지 않는다. 가장 많이 쓰이는 데는 다 이유가 있나 보다.

우연히 마트에서 녹색 병에 담긴 위스키를 보면 남대문 시장을 돌아다니던 그때가 떠올라 웃음 짓게 된다. 어설픔이 가득했던 그 시절, 위스키 초보자의 풋풋함으로 기억되는 맛. 오늘은 오랜만에 제임슨을 마셔 볼까?

위스키 애호가들에게 일명 '자메손'이라 불리는 제임슨은 마트에서도 흔히 볼 수 있는 가성비 좋은 위스키다. 1780년 아일랜드 더블린의 보우 스트리트에서 탄생한 이후 세계에서 가장 많이 팔리는 아일랜드 위스키 브랜드로 자리 잡았다.

맥아 건조 과정에서 위스키 특유의 스모키한 향을 내는 피트를 쓰지 않고, 세 번 증류하여 부드럽고 깔끔한 맛으로 초보자들도 부담 없이 즐길 수 있다. 참고로 피트는 반쯤 썩은 식물층으로, 산소가 부족한 환경에서 만들어지며 '이탄'이라고도 불린다. 내가 좋아하는 피티드 위스키를 만들 때 사용된다.

# 조니 워커 금색 뚜껑을 찾아서

틈만 나면 위스키에 대해 알아보던 때가 있었다. 길을 걷다가 위스키 병이 보이면 절로 눈이 돌아갔고, 취미가 같은 사람들과 정보를 교환하며 한바탕 수다를 떨고 웃음을 나눴다. 바쁜 생활 속 짬이 나면 부지런히 남대문이나 풍물 시장에 갔고, 지나는 길에 주류 판매점이 있으면 방앗간을 발견한 참새처럼 꼭 들르곤 했다.

그러다 보니 집에 한 병, 두 병 위스키가 늘어났다. 위스키 수집 욕구에 불을 지핀 것은 그 유명한 조니 워커였다. 온라인을 떠도는 무수히 많은 글에서 누구나 찬양해 마지않는 조니 워커 올드 보틀_{출시된 지 오래된 위스키로 흔히 '구형'이라고 부른다.}이 과연 어떤 맛일지 궁금했고, 한번 마셔 보고는 그 매력에 퐁당 빠지고 말았다.

1980년대에 만든 조니 워커 블랙 라벨을 처음 발견한 곳은 신설동에 있는 풍물 시장이었다. 아는 만큼 보인다고 했던가. 처음에는 다 똑같아 보이던 술병이 제각각 달라 보였다. 수많은 위스키 사이에서 조니 워커 금색 뚜껑을 찾아 얼마나 헤맸는지. 그렇게 찾아 헤매던 금색 뚜껑을 시장 길을 걷던 중 슬쩍 곁눈질로 보고 발견했다. 그때의 그 기분이란, 현실감이 없달까? 보고도 믿기지 않았다. 저것이 내가 그리 찾던 그것이 맞는지. 하지만 멍 때릴 시간이 없었다. 누군가 채 가기 전에 내 것으로 만들어야 하니까.

우여곡절 끝에 드디어 집으로 가져온 조니 워커를 히스 씨와 나는 집에서 가장 잘 보이는 곳에 고이 모셔 놓고 사진을 찍었다. 그리고 며칠 동안 눈으로 흐뭇하게 바라만 보다가 주말이 되어서야 뚜껑을 땄다.

그 뒤로 우리는 조니 워커 올드 보틀이 보일 때마다 샀고, 나중에는 연도별로 모으기도 했다. 올드 보틀 중에서도 1970~1980년대를 중심으로 유통되었던 금색 뚜껑과 반만 금색인 뚜

껑은 '금뚜', '반금뚜'로 불리며 위스키 마니아들 사이에서 인기가 좋다.

조니 워커에는 레드, 블랙, 그린, 블루 라벨 등 다양한 라인이 있지만, 그중 블랙 라벨 올드 보틀이 가장 인기가 많다. 대중적으로 알려진 브랜드이지만, 구형만큼은 마니아가 아니면 좀처럼 알기 어렵고 구하기도 쉽지 않은 것이 오히려 위스키 입문자들에게 매력적으로 느껴지는 듯하다. 도전 의식을 불러

일으킨달까? 음, 맛을 생각하면 도전 가치는 충분하다.

한창 열정적으로 조니 워커를 수집하던 시절, 해외 사이트에서 1970년대 조니 워커 올드 보틀을 발견했다. 보자마자 강렬한 구매 욕구가 솟구쳤다.

위스키를 해외 직구 하는 건 처음이었지만, 사이트에서 본 1970년대 조니 워커를 갖고 말겠다는 일념으로 호기롭게 주문을 진행했다. 그리고 거하게 얻어맞았다. '주세 폭탄'이란 걸. 그렇게 무시무시한 게 있을 줄이야. 당시를 떠올리니 지금도 정신이 아득해진다. 어렵사리 얻은 아이들이라 그런지 그 맛이 더 귀하게 느껴졌다.

조니 워커를 좋아하긴 했나 보다. 스트라이딩 맨의 미니어처까지 수집했으니. 조니 워커의 상징과도 같은 스트라이딩 맨은 1908년에 만화가인 톰 브라운이 그린 캐릭터다. 원래는 왼쪽을 향하고 있었는데, 2000년에 미래를 향해 가는 의미로 오른쪽을 향한 모습으로 바꾸었다고 한다. 스트라이딩 맨의 방향만 보면 알 수 있으니, 아마도 조니 워커는 구형과 신형을 구분하기 가장 쉬운 위스키 브랜드가 아닐까? 미래를 향해 나아가자는 포부가 실현되기라도 한 걸까, 스트라이딩 맨의 방

향이 바뀌고 난 후 조니 워커는 글로벌 스카치위스키 1위로 자리 잡았다고 한다.

나와 히스 씨가 가장 좋아하는 조니 워커 올드 보틀은 '프리미어'다. 조니 워커 프리미어는 1990년대 일본, 홍콩 등 아시아 지역을 타깃으로 출시한 제품으로, 현재는 단종되었다. 한동안 우리는 프리미어를 매일 밤 홀짝였다. 지금은 꿈도 못 꿀 일이다. 그때는 지금보다 올드 보틀에 관한 인지도가 낮았고, 사람들이 잘 찾지 않았기에 발품을 팔면 재고를 구할 수 있었다. 남대문이나 풍물 시장에서도 어렵지 않게 볼 수 있었고, 해외 직구를 통해서도 살 수 있었다. 아마도 지금은 시간과 돈이 훨씬 더 많이 들겠지.

불꽃처럼 타오르던 조니 워커 수집 열정은 금방 끝이 났다. 위스키에 대한 애정과 호기심이 날로 높아지면서 증류소 한 곳에서 보리만으로 만든 '싱글 몰트위스키'나 원액 그대로 병입하는 '캐스크 스트렝스 위스키'를 즐기게 되었고, 점점 마니악한 제품들을 찾기 시작한 것이다. 게다가 구하기 어렵고 비싸진 조니 워커 올드 보틀을 대체할 만한 제품은 얼마든지 있었다. 하지만 우리의 위스키 입문 시절을 함께한 조니 워커 올드 보틀에 대한 애정은 여전하기에, 우리 집 술 장 한 칸은 변함없이 조니 워커가 차지하고 있다.

생각난 김에 집에 있는 조니 워커 프리미어들을 훑어 보았다. 남대문에서 구한 두 병, 직구로 구한 한 병이 남아 있다. 오랜만에 한잔해야겠다. 영화 한 편을 고르고 간단하게 안주를 차렸다. 퐁 하고 코르크 뚜껑이 따지는 소리와 함께 위스키 향이 은은하게 퍼진다. 설레는 마음으로 잔에 따르고, 입안에 한 모금 머금었다. 달콤한 셰리에스파냐에서 생산되는 백포도주 향이 먼저 올라오고, 풍부한 바닐라 향이 뒤따른다. 올드 보틀 특유의 꼬릿한 향도 빠질 수 없지. 눅진한 버터, 바닐라, 바나나가 떠오르는 향에 이어 오크 향이 돌면서 단맛이 올라온다. 곧이어 복합적인 스파이시함이 훅하고 밀려 들어온다. 목 넘길 때 꾸덕진 느낌은 올드 보틀 코냑프랑스 코냐크 지방에서 생산하는 술과 비슷하다.

입안으로 퍼지는 향을 음미하며 한 모금, 두 모금 몸속으로 위스키를 흘려보낸다. 기분 좋게 술기운이 밀려온다. 푹신한 가죽 소파가 몸을 감싸듯 포근함이 느껴지고 온몸이 따뜻해진다. 이 순간만큼은 세상 누구도 부럽지 않다. 그래, 이 맛에 날마다 프리미어를 홀짝였지.

언젠가 지갑 사정이 좋아져서 그때처럼 원 없이 프리미어를 홀짝일 수 있길 바라며, 히스 씨와 나는 다시 돌아올 수 없는 그날들 속으로 도란도란 추억 여행을 시작했다.

조니 워커는 한국 사람들이 좋아하는 위스키 중 하나로, 마트에서도 쉽게 찾을 수 있다. 부드럽고 무난한 맛에 가볍게 즐기기 괜찮은 제품이다. 특히 구형은 특유의 옛날 감성에 바닐라 향과 잔잔한 스파이시가 감돌며, 묵직하면서도 부드럽게 올라오는 뭉근한 맛이 일품이다. 그 맛을 음미하며 주거니 받거니 홀짝이다 보면, 한자리에서 한 병은 금방이다. 네모난 병은 유통 시 깨지기 쉽고, 박스에 병이 적게 들어가는 점을 보완하여 개발한 것으로, 판매량을 높이는 데 도움이 되었다고 한다. 라벨의 색으로 등급을 나누기 있으며, 그중에서도 12년 이상 숙성된 몰트위스키 중 40여 가지 이상을 블렌딩한 블랙 라벨은 조니 워커를 대표하는 위스키다.

바에서 배우는 위스키

　나도 몰랐다. 내가 '바'라는 곳에 이렇게 자주 드나들게 될 줄은. 위스키에 대한 호기심으로 하루하루가 재미있던 시절, 우리는 평소 눈여겨봤던 바로 살랑살랑 걸어갔다. 악보를 보며 트럼펫 연주를 하던 사장님의 모습이 인상적이었던 '헬리콘 바', 한산한 모습이 때를 잘 골라 들어온 듯했다.

　온몸으로 어색함을 방출하며 가까스로 바 테이블에 자리를 잡고 메뉴판을 보았다. 긴장으로 시각이 차단이라도 된 건지 내용이 하나도 눈에 들어오지 않아 바텐더에게 위스키 추천을 부탁했다. 메뉴가 눈에 들어오지도 않았지만, 어떻게 주문을 해야 할지도 몰랐다. 이윽고 우리의 고민을 넘겨받은 바텐더의 질문이 시작됐다. 우리는 위스키를 이제 막 시작하려고 하는데 어떤 걸 마시면 좋을지 모르겠고, 나는 피티드 위스키맥아를 건조하는 과정에서 피트를 사용해 만든 위스키를, 히스 씨는 셰리 위스키셰리 와인을 숙성했던 통에 숙성한 위스키를 좋아하는 거 같다고 환자가 의사에게 몸 상태를 말하듯 주저리주저리 설명했다.

가만히 우리 이야기를 듣던 바텐더는 아드벡 10년, 라가불린 16년, 라프로익 10년 등 피티드 위스키의 정석 라인을 테이블에 늘어놓았다. 그러고는 하나하나 설명을 시작했다. 명강의를 듣는 듯 반짝이는 눈으로 바텐더를 바라보며 위스키를 홀짝였다. 든든한 가이드와 함께 위스키 여행을 하는 느낌이랄까? 맛과 멋, 그리고 지식까지 풍성해지는 듯했다. 그날의 경험은 우리의 위스키 라이프를 한 단계 업그레이드시켰다.

대부분의 바텐더는 위스키에 대한 지식이 풍부하다. 그들을 잘 활용하면 좀 더 쉽고 빠르게 위스키를 알아 갈 수 있다. 게다가 위스키를 즐기는 사람들을 접하는 직업이 아닌가. 그들이 쌓은 수많은 지식과 경험의 데이터가 낯선 위스키의 세계에서 길잡이가 되어 줄 것이다.

하지만 사람이 많고 북적이는 곳에서는 바텐더와 이야기할

시간이 부족할 수 있으니 잘 알아보고 가야 한다. 가격만 높고 응대가 전혀 없는 곳도 있다. 이런 바에 가면 나는 위스키를 한 잔 빠르게 마시고 그냥 나와 버린다. 그리고 다른 바를 검색한다. 내가 원하는 위스키가 무엇인지 함께 고민해 줄 바텐더가 있는 곳으로.

그 후로 우리는 위스키를 메인으로 하는 가게들을 도장 깨기 하듯 찾아다녔다. 그중에서도 영등포에 있는 '하이드아웃'은 다양한 위스키들을 맛볼 수 있어서 자주 가곤 했다. 게으른

성격 탓에 도보권 내에 있는 가게를 선호했지만, 가끔은 먼 곳에 가기도 했다. 우연히 들렀던 합정동의 칵테일 바는 분위기가 마음에 들어서 한 번 두 번 가다 보니, 나중에는 사장님과 친해져서 단골이 되었다.

작년 겨울, 나나 언니와 오랜만에 헬리콘 바를 찾았다. 위스키를 궁금해하는 나나 언니의 위스키 취향을 찾아 주고 싶어서였다. 나는 대표적인 지역의 위스키들을 종류별로 주문했다. 위스키를 처음 접하는 사람도 부담 없이 즐길 수 있는 엔트리급(가장 기본이 되는 단계)의 셰리와 피티드, 버번, 아일리시 제품까지.

언니는 버번위스키가 좋다고 했다. 버번 특유의 '킥'이 마음에 든 듯했다. 킥은 위스키의 특정한 포인트라고 할 수 있는데, 위스키의 첫인상을 결정짓기도 한다. 버번은 킥이 꽤 강렬한 편이기 때문에 버번의 킥이 마음에 든다면 이미 그 매력에 빠진 거라고 볼 수 있다. 그렇다면 다음에는 버번위스키의 다른 제품들을 추천해 줘야겠군. 향이 좋은 버번에는 어떤 게 있더라…….

즐거운 고민이 시작되었다. 나나 언니가 위스키의 세계로 한 걸음 더 나아간 느낌이다. 괜히 마음이 들뜬다. 내가 좋아하는 걸 누군가에게 알려 주는 건 언제나 즐겁다. 언니 역시 헬리콘 바가 마음에 들었나 보다. 사장님의 응대가 좋았다나. 그래, 앞으로 자주 와서 위스키의 매력을 느껴 보자고.

사람들은 저마다의 이유를 품고 바를 찾는다. 위스키는 알고 싶은데 나에게는 어떤 위스키가 맞는지 모르겠어서, 위스키를 종류별로 조금씩 맛보고 싶어서, 위로를 받고 싶어서, 이야기할 상대가 필요해서 등. 이렇듯 다양한 이유를 충족할 수 있는 바는 매력적인 공간임이 틀림없다. 위스키가 궁금하다면 혹은 위스키의 매력에 빠지고 싶다면, 좋은 바텐더가 있는 바로 여행을 떠나 보는 건 어떨까?

전설의 위스키, 사마롤리

사마롤리는 위스키 마니아들 사이에서 전설로 불리는 제품 중 하나로, 스카치위스키를 부드럽고 우아하게 재해석했다는 평가를 받고 있다. 이 전설적인 위스키를 탄생시킨 실바노 사마롤리는 공군이었던 아버지를 따라 비행기를 타고 싶어 했지만 뜻대로 되지 않았고, 이탈리아의 주류 판매점의 관리인으로 일을 시작하며 이 업계의 선구자적 인물이 되었다.

그는 1968년에 자신의 이름을 딴 회사를 세우고 1970년대에는 사마롤리 최초의 위스키 시리즈를, 1980년대에는 냉각과 여과를 거치지 않은 높은 도수의 캐스크 스트렝스를 만들어 판매했다. 부드러운 블렌디드만 출시되던 당시에 모험과도 같왔던 그의 도전은 성공했고, 이후 10년 동안 '사마롤리의 르네상스'라 부를 만큼의 쾌거를 이루었다. 지금도 그때의 사마롤리 제품을 구하려는 마니아들이 많다. 물론 그만큼 구하기는 굉장히 어렵다.

언젠가 아일레이 블렌디드 2017과 아드모어 싱글 몰트 2011을 마신 적이 있다. 둘 다 사마롤리가 은퇴한 후에 만들어진 사마롤리로, 아일레이 블렌디드 2017의 경우 '99퍼센트의 라프로익과 1퍼센트의 비밀 레시피'라는 짧고 강한 평이 인상적이었다. 라프로익은 스코틀랜드 아일레이섬의 대표적인 싱글 몰트위스키로, 평소 라프로익을 좋아하는 나로서는 1퍼센트의 비밀 레시피가 들어간 라프로익이 너무도 궁금했다.

부즈 강한 알코올향 없이 부드러운 느낌에 진하게 들어오는 피트와 감칠맛이 뚜렷했다. 피트가 지나고 난 자리엔 꽃향기와 꿀의 단맛이 입안에 맴돌았다. 살짝 도는 초콜릿 향과 부드럽게 감싸는 우디함 오크통에서 느껴지는 나무 향까지. 돌려서 여닫는 뚜껑 모양만 보고 윌리엄슨과 비슷할 거라 짐작했던 스스로가 부끄러워졌다. 짧고 강하게 들어오는 일반적인 라프로익과 달리 피트가 그윽하게 퍼져 나갔다. 비 온 뒤 선명해진 풍경 같달까?

이대로 한 병을 다 비우기에는 아쉬워서 눈을 질끈 감고 1/3 정도 남은 상태로 뚜껑을 닫았다. 그리고 몇 달 후 다시 만난 사마롤리 아일레이 블렌디드 2017은 믿을 수 없을 정도로 달라져 있었다. 뚜껑을 따면 시간이 지남에 따라 맛이 변하기 마련이지만, 내가 뚜껑을 열고 보관한 것도 아닌데 이건 너무하잖아.

옅어진 향미에 도저히 그냥 마실 수가 없었다. 아쉬운 마음에 단골 바에 들고 가 하이볼을 부탁했다. 바텐더는 맛을 보고는 비터스식물성 재료를 알코올에 우려낸 액체를 몇 방울 섞은 하이볼을 내주었다. 반신반의하는 마음으로 홀짝 맛을 보았다. 어머, 맛있잖아? 첫인상의 그 맛은 아니지만, 얼떨결에 새로운 맛은 무척 만족스러웠다. 남은 사마롤리는 전부 하이볼로 만들어 마셨다.

지난여름에는 띠동갑인 막내의 휴가를 핑계로 언제 딸까 싶었던 아드모어 싱글 몰트 2011을 들고 단골 바에 갔다. 그리고 네 명이 앉아 순식간에 한 병을 비웠다. 나는 비싸고 귀한 술을 혼자 숨겨 두고 홀짝이기보다는 좋아하는 사람들과 함께 웃고 떠들며 즐기는 걸 좋아한다. 그렇게 마시는 게 훨씬 맛도 좋고 즐겁다.

그럼에도 아끼게 되는 술이 있으니, 그중 하나가 사마롤리 콜틴 1993 퓨어 몰트다. 아직 안 따서 맛은 모른다. 이 술은 사마롤리가 직접 선택한 전설의 사마롤리는 아니지만 피티드 스타일의 사마롤리 대표작으로 불린다. 과연 어떤 맛일까? 그동안 맛본 사마롤리들을 돌이켜 보았다. 굉장히 섬세한 느낌이었고, 분명 그들만의 특별함이 있었다. 무엇보다 마시고 난 후 여운이 짙었다. 시중에서 접할 수 있는 사마롤리를 마시면서 그 맛을 상상해 본다. 언젠가 집에 고이 모셔 둔 사마롤리 콜틴 1993 퓨어 몰트를 맛볼 날을 기대하며.

사마롤리는 이탈리아의 대표적인 독립 병입 회사로, 희귀하고 독특한 싱글 몰트위스키를 병입 숙성이 끝난 위스키를 병에 담는 과정 하는 것으로 유명하다. 고품질의 개성 강한 위스키를 출시해서 위스키 마니아들 사이에서 인기가 좋다.

🥃 나만의 위스키 취향 찾기

위스키 입문자들이 꼭 듣게 될 조언 중 하나가 바로 '취향 찾기'다. 전 세계 수만 가지 위스키를 모두 맛볼 수도 없고 주머니 사정도 항상 넉넉한 게 아니니, 좀 더 현명하게 오래도록 위스키를 즐기려면 내 취향을 알아보는 게 좋다. 취향을 아는 것만으로도 향후 맛볼 위스키의 범위를 대폭 줄일 수 있기 때문이다.

그럼 취향을 찾으려면 어떻게 해야 할까? 백문이 불여일견, 경험은 무엇보다 정확하면서도 요령을 키우는 가장 빠른 길이다. 만약 주변에 경험이 많은 사람이 있다면 길잡이가 되어 줄 수 있다. 만약 그 사람과 취향이 다르다면 그것도 나름대로 좋은 경험이 될 것이다. 참고로 나와 히스 씨는 취향이 확연히 다른데, 이 점이 오히려 경험을 쌓는 데 도움이 되었다.

나는 처음 위스키를 접할 때부터 피티드 위스키에 매력을 느꼈다. 흔히들 정로환, 소독약이라 표현하는 향. 피트가 만들어 내는 그 강렬한 향이 뇌리에 박혔달까. 그러던 중 옥토모어 위스키를 접하게 되었고, 그 후로 피티드 위스키는 내 취향으로 확실하게 자리 잡았다. 강렬한 피트로 유명한 옥토모어는 대부분의 피티드 위스키처럼 호불호가 분명하게 갈리는 위스키다. 듣던 대로 피트함이 강했지만 나는 딱 좋았다. 스모키 향마저도 좋았다. 그때의 나는 나름 청춘이었나 보다. 옥토모어 위스키 중에서도 피트 함량이 가장 높은 옥토모어 8.3이 맛있게 느껴졌으니.

그 후로 꽤 오랫동안 피티드 위스키 위주로 추천받거나 사들였다. 큰맘 먹고 샀는데 막상 마셔 보면 생각보다 맛이 별로인 것도 있고, 기대 이상의 것들도 있었다. 재미는 있었지만 가격이 가격이니만큼 신중해져야 했고, 구매 전 이것저것 위스키에 대한 조사를 하기 시작했다. 이 과정은 슬기로운 위스키 생활에 꽤 도움이 되었다.

위스키를 알고 싶다면, 우선 어떤 지역의 위스키가 내 취향인지 알아보자. 그런 다음 증류소나 캐스크오크통의 종류, 숙성 방법 등으로 옮겨 가며 나에게 맞는 것들을 선택해 보자.

한동안 내가 사랑해 마지않던 킬호만 증류소는 아일레이섬에 있는 비교적 신생 업체로, 팜 디스틸러리다. 팜 디스틸러리는 사용하는 재료들을 보유한 농장에서 직접 채취해서 만드는 증류소를 말한다. 그렇다, 내가 좋아하는 피트 역시 직접 채취한다.

킬호만의 '100퍼센트 아일레이'는 보리의 재배, 증류, 숙성, 병입의 모든 공정을 아일레이섬에서 진행하고 극소량으로 생산한 싱글 몰트위스키다. '100퍼센트 아일레이'라는 라벨에 걸맞게 꽉 찬 풍미와 깊은 향이 매력적이다. 한 모금 입에 머금으면 강렬한 피트가 코로 확 퍼지며 혀끝을 자극하고, 목에서는 스파이시함이 느껴진다. 입안에서는 허브 향과 덜 익은 과일 향 등이 어우러져 춤을 춘다. 그리고 칵테일 잔에 장식된 레몬 같은 약간의 짭짤함까지. 마지막으로 기름진 단맛이 여운을 남긴다. 이 맛을 어찌 좋아하지 않을 수 있을까.

물론 아일레이 위스키 자체가 입에 안 맞을 수도 있다. 앞서 말했듯이 피티드 위스키는 호불호가 뚜렷하고, 사람들의 취향은 저마다 다르니까. 하지만 실망은 마시라, 세상에는 평생 맛봐도 전부 경험하지 못할 만큼의 다양한 위스키가 있으니. 게다가 취향은 바뀌기도 하니까.

바에 가서 이것저것 한 잔씩 마셔 보는 것도 좋다. 바텐더의 도움을 받아도 좋고, 홀로 경험을 쌓아도 좋다. 이렇게 점차 취향을 파악해 두면 내가 원하는 위스키를 고를 확률이 점점 높아진다. 그만큼 위스키에 대한 만족도 역시 높아질 것이다.

킬호만 증류소. 2005년부터 공장을 가동하기 시작한 킬호만은 스코틀랜드 아일레이섬에서 124년 만에 생긴 증류소라고 한다. 팜 디스틸러리, 즉 농장 증류소로 정통 방식의 몰팅보리를 불리고 발아시키고 건조하는 과정을 하고, 보리의 재배부터 병입에 이르기까지 위스키 제조의 모든 과정을 증류소 내에서 진행한다. 숙성 3개월을 거친 한정판 발매 스피릿과 3년 숙성 위스키가 호평을 받으며 빠르게 성장했다.

참을 수 없는 그 이름, 아드벡 한정판

아드벡은 풍부하고 달콤한 물과 기름진 토양, 값비싼 피트로 싱글 몰트위스키의 성지라고 불리는 아일레이섬에 있는 증류소 중 하나다. 가장 균형 있는 맛을 자랑하는 아일레이 위스키로 두꺼운 마니아층을 갖고 있으며, 다른 아일레이 위스키들이 벤치마킹할 만큼 명성이 높다. BTS가 좋아하는 위스키로 알려지며 단박에 인기가 상승하기도 했다.

히스 씨와 내가 아드벡에 맛을 들인 건 후쿠오카에 있는 '바키친'에서였다. 그전에도 아드벡을 마셔 봤지만 별다른 인상은 받지 못했는데, 이곳에서 마신 한정판 아드벡은 다시 일본행 비행기표를 끊을 정도로 강렬했다. 위스키를 마시려고 해외에 가다니, 나도 놀랐다. 하지만 그럴 만한 이유가 있었다. 일본이 우리나라보다 위스키 문화가 더 발전하기도 했고, 무엇보다 일본에서 파는 위스키는 놀라울 정도로 저렴했으니까.

이번 여행에서는 바 키친 대신 후쿠오카의 텐진 코어에서 도보로 20분 정도 거리에 있는 바, '라이카드'에 갔다. 라이카드는 위스키를 좋아하는 한국인들에게는 유명한 곳이다. 상가 건물 5층에 있는 라이카드의 묵직한 문을 처음 열던 순간이 아직도 생생하다. 당시만 해도 바가 익숙하지 않았던 우리에게는 멋들어진 술 장과 바 테이블, 창가에 있는 가죽 소파, 하얀 정장에 검은색 나비넥타이를 하고 인사를 건네는 바텐더까지, 모든 풍경이 새롭고 설레었다.

손님은 우리 둘뿐이었다. 덕분에 앉아 있는 내내 바텐더에게 설명을 들을 수 있었는데, 당시 라이카드는 약 3,000병의 위스키를 1,500병씩 교대로 내놓았고, 나머지는 카탈로그를 통해 주문할 수 있다고 했다. 위스키에 입문한 지 얼마 되지 않아 모르는 것투성이인 우리의 반복되는 질문에도 바텐더는 불편한 내색 없이 친절하게 설명해 주었다. 또한 천사표 바텐더는 우리에게 귀하고 맛 좋은 술을 알차게 추천해 주기도 했다.

둘이 여섯 잔 정도를 마시고 자리에서 일어나려는 찰나, 술장 가운데 가득 채워진 아드벡이 눈에 들어왔다. 이걸 마시려고 비행기표까지 끊었는데, 잊고 있었다니……. 놀란 토끼 눈으로 라벨을 보던 우리의 눈은 더욱 휘둥그레졌다. 세상에나, 대부분이 그 귀하다는 한정판이었다. 우리는 결국 다시 자리에 앉을 수밖에 없었다.

아드벡을 마시고 싶다는 말에 바텐더의 손이 바빠졌다. 기대감에 부푼 우리의 마음도 콩닥콩닥 바빠졌다. 곧이어 눈앞에 아드벡의 향연이 펼쳐졌다. 뇌리에 박힌 아드벡 19를 떠올리며 21과 22를 주문했다. 21과 22는 캐릭터가 확실히 달랐는데, 21은 무척 부드러우면서도 과일 향에 적당한 우디함이 입안에 퍼지며 피트가 함께했다. 22는 부드럽지만 스모키함이 꽤 묵직하게 올라왔다. 개인적으로는 21이 더 맛있었다.

그 뒤로 맛본 달큼한 과일 향과 커피 향이 좋았던 '아드복'은 마시고 난 후에 약간의 찝찔한 초콜릿 느낌과 스모키함이 특징이었고, 스모키함과 바닐라의 부드러운 맛이 인상적인 '갈릴레오'는 약간의 짠맛이 남았다. 그리고 히스 씨가 좋아하는 '다크코브'는 부드러운 셰리 향과 달큼함, 그 뒤에 오는 스모키함과 팍 하고 짧게 넘어가는 피트가 일품이었다. 모두 아드벡에서 만든 위스키다.

나는 여전히 아드벡 19를 가장 좋아한다. 묵직하면서도 복합적인 향미가 균형 잡힌 맛이랄까. 그리고 애호가들이라면 모두 입을 모아 말하겠지만, 아드벡은 아일레이 위스키 중에서도 색깔이 단연 최고다.

언젠가 '아드벡 트라이반 배치 5'가 면세점에 풀렸다는 소식을 들었다. 엉덩이가 들썩였지만 여건이 안 되어서 포기했는데, 미련을 버리지 못해 결국 비행기표를 끊고 말았다. 그렇게 들어간 면세점에서 진작에 품절되었겠지 생각하면서도, 혹시나 하는 마음에 주류 판매대를 두리번거렸다. 그런데 이게 웬걸? 전시장에 트라이반이 떡하니 있는 게 아닌가. 처음에는 잘못 본 게 아닐까 싶었다. 실물이 아닌 모형인가도 싶었다. 그런데 직원에게 물어보니 실물이었다! 딱 한 병이 남아 있고, 게다가 할인 중이라고. 이런 게 운명인가. 난 그 자리에서 바로 트라이반을 데려왔다.

위스키에서 '배치'는 한 번에 생산된 위스키를 묶는 단위를 말한다. 위스키는 무척이나 섬세해서 숙성 방법뿐만 아니라 어느 위치에 놓인 몇 번째 통에서 숙성되었느냐에 따라서도 맛이 달라진다. 그러니 어떤 배치가 평이 좋은가도 애호가들에게는 관심거리인 셈이다.

히스 씨나 나나 포기가 빠른 편이라 무리는 하지 않는다. 그 흔한 오픈 런을 한 적도 없고, 출시가보다 오른 가격으로도 사지 않는다. 그럼에도 히스 씨는 내가 좋아하는 아드벡 19 한정판을 사려고 비행기를 타고 가서 면세점에 들렀다가, 곧바로 다시 돌아오는 비행기를 타고 왔었다. 오로지 위스키를 사기 위해 퀵 턴을 한 것이다.

가끔 히스 씨는 그날의 일을 무용담처럼 얘기한다. SNS를 통해 한정판이 면세점에 풀렸다는 소식을 접하고 퀵 턴을 결심했지만, 물량이 얼마 되지 않아 빈손으로 오는 건 아닐지 걱정되어 면세점에 문의해서 재고를 파악하는 꼼꼼함을 발휘했고, 당일에는 기상 상태가 좋지 않아서 짧은 비행이었음에도 불안한 상황의 연속이었다는 둥. 신나게 당시 상황을 이야기하는 히스 씨를 보면 귀엽기도 하고 고맙기도 하다.

그 덕분에 우리 집 술 장에는 아드벡 한정판이 몇 병 있다. 공식 홈페이지에서 직구로 산 전용 잔도 있다. 아, 바라만 봐도

뿌듯하다.

우리 집 술 장에서 부지런히 바뀌는 위스키 병 사이로 같은 자리를 오래도록 지키고 있는 것들이 있다. 꽤 야단스럽게 좋아했던 때에 모은 것들로 그 시절에 대한 애정이라고도 할 수 있고, 어렵게 구한 만큼 아까운 것도 사실이다. 그중에는 아드벡 한정판도, 조니 워커 올드 보틀도 있다. 애증의 조니 워커를 안 마신 지가 얼마나 되었는지 모르겠다. 생각난 김에 한잔해야겠다. 아니, 오늘은 아드벡이지. 조니 워커는 다음 기회에.

아드벡 19 한정판. 아드벡은 2019년에 19년을 숙성한 한정판 제품군에 트라이반이라는 네이밍을 도입했다. 그런 다음 매년 라벨에 배치 번호를 표시하고, 증류 시기를 보여 주는 코드와 해당 배치의 짧은 시음 노트를 써넣었다.
아드벡 19 트라이반 배치 시리즈는 바닷가를 걸으면 발과 모래가 비벼지며 노래하는 소리가 난다고 해서 '노래하는 해변'이라는 별명이 있는 트라이반 해변에서 영감을 얻어 붙인 이름이다. 아드벡의 전형적인 트라이반은 '불가능한 균형'이라 불릴 만큼 밸런스가 좋다. 그 맛이야 말해 뭐 하겠나.

근본을 섬기는 귀한 맛, 화요

누군가 내게 한국의 위스키를 알려 달라고 한다면 망설임 없이 '화요'를 말할 것이다. 화요는 소주의 소燒를 풀어쓴 것으로, 불을 뜻하는 '화火'와 존귀하다는 뜻의 '요堯'를 합쳐서 만든 말이다. 불과 흙처럼 자연의 근본을 섬기고 가장 존귀한 것을 만들겠다는 철학이 담긴 이름이라고 한다. 100퍼센트 국내산 쌀로 만들고, 증류식 소주 업계 최초로 전 제품 라인이 국가에서 지정하는 '술 품질 인증'을 받았다.

그중에서도 2013년 출시된 화요 X.P 프리미엄은 국내 위스키 브랜드 화요의 최고급 라인으로, 화요 41의 원액을 오크통에 담아 장기간 숙성시킨 제품이다. 오크의 풍미와 곡주의 감미로움으로 '월드 위스키 어워즈 2023'에서 상을 받기도 했다.

우리나라 최초의 위스키로 불리는 화요 X.P 프리미엄은 맛있고 독특하다. 버번에 가까운 향이 나면서도 굉장히 깔끔하고, 버번에서 느낄 수 있는 킥이 느껴지지만 그마저도 부드럽다. '쌀베니'라는 별명이 괜히 붙은 게 아니다. 균형 잡힌 향과 맛으로 유명한 발베니 위스키처럼 밸런스가 좋고, 향도 비슷하다. 아쉬운 점이라면 수량이 한정적이어서 구하기가 쉽지 않다는 것 정도? 이제는 출시가에 구하는 것이 어려울 정도로 인기가 높아졌다.

언젠가 후쿠오카에 있는 단골 바에서 바텐더와 한국 위스키에 관해 이야기 나눈 적이 있다. 다음에 그곳을 방문했을 때 화요 53을 들고 가서 설명과 함께 건네주었더니 크게 좋아하며 입구 쪽에 전시를 해 두었다. 먹색 병에 승천하는 용의 모습이 그려진 모습은 투명한 위스키들 사이에서 단연 돋보였다. 바 입구 쪽에 자리 잡은 화요를 보니 우리나라 위스키를 알리는 데 작게나마 도움이 된 것 같아서 가슴 가득 뿌듯함이 차올랐다.

2023년 화요는 창립 20주년을 기념하여 '화요 20주년 계속'

을 출시했다. 그것도 설립 연도에 맞춘 2,003병만 한정판으로! 팝업 행사까지 열린다는 소식을 듣자 가만히 있을 수가 없었다. 북적이는 인파는 두렵지만, 20주년 한정판을 포기할 수는 없지. 히스 씨와 나는 이천에 있는 광주요 본점에 가서 소리잔구슬이 들어 있어서 술잔을 기울이면 구슬 소리가 울리는 잔과 함께 화요 20주년 계속을 데려왔다.

'처음부터 지금까지 화요의 미션은 단 하나, 전 세계에서 인정받는 독보적인 한국 술을 만드는 것입니다.'

화요 20주년 계속 패키지 안쪽에 쓰여 있던 문구다. 이 글귀를 몇 번이나 읽었는지. 묵묵히 뚝심 있게 걸어온 이들의 당찬 포부에 절로 박수가 나왔다.

화요 시리즈 중에서 우리가 가장 즐겨 찾는 것은 화요 25다. 특히 히스 씨는 화요 25에 토닉워터를 타 마시는 걸 좋아한다. 서당 개 삼 년이면 풍월을 읊는다고 했던가. 내가 만든 화요 토닉은 꽤 먹을 만하다. 물론 화요에 토닉워터를 섞기만 할 뿐이지만 술쟁이들은 알 것이다. 누가 만드느냐에 따라 달라지는 그 미세한 차이를. 며칠 전에는 좋아하는 초밥집에서 화요 토닉을 마셨는데, 회와도 잘 어울렸다.

　화요 25는 목 넘김이 편안하고 밸런스가 좋으면서도 쌀 특유의 풍미를 느낄 수 있는 대중적인 제품이다. 화요의 제품에는 17, 25, 41, 53, X.P 그리고 최근 출시한 19가 있다. 화요 19는 옹기에서 숙성한 원액에 오크에서 숙성한 원액을 블렌딩한 것으로, 적당한 도수에 쌀 본연의 맛과 오크의 다채로운 풍미가 특징이다. 술 장에 넣을 화요 시리즈가 하나 더 생겨서 신난다.

　화요에서는 앞서 말한 20주년 기념 팝업 스토어를 비롯한다채로운 행사를 진행한다. 그중에서도 '화요 칵테일 챔피언십'은 화요가 개최하는 칵테일 대회로, 화요 제품을 사용해서 만든 칵테일로 실력을 겨룬다. 전통을 지향하면서도 트렌디함을 놓치지 않는 화요가 앞으로 또 어떤 이슈를 가져올지 기대된다.

화요는 도자 사업을 하는 광주요 그룹의 주류 브랜드다. 광주요 그룹은 도자기를 좋아하는 사람들에게는 유명한 기업으로, 옛 선조들의 장인정신과 예술성을 이어받아 전통 도자기를 현대적으로 재해석하고, 도자 문화를 일상생활에 확산시키는 것을 핵심 가치로 삼고 있다. 현대 주류 제조 시스템에서는 전례가 없었던 '대량 생산용 옹기 숙성'을 시도한 것 역시 도자 사업을 하는 광주요 그룹의 영향을 받은 것이라고 한다.

독립 병입에서 찾는 색다른 재미

　일본에서의 유학 시절은 히스 씨와 나의 위스키 생활에서 빼놓을 수 없다. 위스키를 좋아하게 된 계기나 즐기는 방법, 취향을 찾기까지 많은 영향을 받았기 때문이다.

　일본은 위스키 문화가 상당히 발달해서 다양한 오피셜과 독립 병입 위스키들을 비교적 쉽고 저렴하게 접할 수 있다. 오피셜 위스키는 증류소에서 직접 만들어서 파는 위스키를, 독립 병입 위스키는 증류소에서 위스키 원액을 사서 자기식대로 만들어서 파는 위스키를 말한다. 그리고 위스키 원액을 사서 독립 병입 위스키를 만드는 회사를 독립 병입자라고 부른다.

　만약 독립 병입 위스키를 알아보기 시작했다면, 어느 정도 위스키에 맛을 들였다는 증거다. 위스키의 세계에서 새로운 재미를 느끼는 데는 이만한 것이 없다. 물론 실망할 수도 있다. 하지만 그동안 경험해 보지 못한 '맛돌이'를 만나는 경우도 심심치 않으니, 도전해 볼 가치는 충분하다.

그렇다면 맛 좋은 독립 병입 위스키를 고르려면 어떻게 해야 할까? 캐스크나 숙성 방법 등의 정보를 참고하는 것이 가장 좋지만, 이마저도 알려 주지 않는 제품들도 있으니 사실 뽑기나 다름없다. 그럴 때는 업자의 스펙을 보는 게 좋다. 믿고 보는 배우가 있듯이, 믿고 마시는 업체가 있기 마련이다.

와이즈 캐스크 역시 그렇다. 와이즈 캐스크는 주류 판매점인 리쿼 마운틴에서 만든 독립 병입자로, 만드는 위스키가 대체로 맛있어서 마니아가 많다. 다양한 경로로 가져온 캐스크에 숙성된 위스키에서는 그들만의 색깔을 느낄 수 있다. 그래서 나와 히스 씨는 와이즈 캐스크 제품에 도전하는 것을 좋아한다.

얼마 전 사케 캐스크에 숙성한 와이즈 캐스크 위스키를 마셨는데, 버번위스키 맛이 났다. 사케 캐스크에서 버번이라니……. 역시, 뚜껑을 따기 전에는 아무것도 알 수가 없다. 가끔은 묘하거나 애매한 느낌이 들 때가 있지만, 어떤 제품을 선택하든 그만한 재미가 있다. 별로 내키지 않는 증류소의 캐스크라 해도, 와이즈 캐스크에서 숙성했다고 하면 호기심이 생긴다. 과연 이들은 이걸 어떻게 풀어냈을까. 궁금증을 해소하는 날 뚜껑을 딴 위스키가 맛돌이였다면, 애정하는 위스키 목록에 항목이 하나 더 추가된다.

즐겨 찾는 증류소의 위스키들이 지루해졌거나 새로운 변화를 느끼고 싶다면, 독립 병입 위스키에 눈을 돌려 보자. 우리나라에서도 위스키에 관한 관심이 높아지면서 독립 병입자가 나타나기 시작했다. 선택의 폭이 더 넓어졌다. 반가운 일이다. 흡사 모험과도 같은 선택에 새롭고도 맛 좋은 위스키를 발견한다면 꽤 뿌듯하고 즐거울 것이다. 그리고 당신의 위스키 라이프가 조금 더 연장될 것이다.

와이즈 캐스크는 리쿼 마운틴 관련 주식회사인 토코에서 도매, 판매하고 있는 위스키 브랜드로, 약 40~50가지 종류의 위스키를 보유하고 있다. 이곳에서 만든 클라이겔라키는 일본 시장 전용으로 만든 위스키로, 클라이겔라키 특유의 거친 스타일이 잘 담겨 있다.

나의 최애, 라프로익

나는 피트 러버다. 가장 좋아하는 증류소를 꼽으라면 라프로익. 라프로익 그대로의 향을 좋아한다. 내가 애정해 마지않던 라프로익은 하이볼로 마시는 10년짜리였다. 어째서 과거형이냐면, 언젠가 병 디자인이 바뀌면서 향도 함께 바뀌어 버렸기 때문이다. 라프로익 특유의 피트 향이 옅어졌달까? 바뀐 나름의 이유가 있겠지만, 즐겨 마시던 하이볼의 맛을 더 느낄 수 없는 게 아쉬울 뿐이다.

풍부한 피트 향과 특유의 강렬한 피니시가 특징인 라프로익은 전체적인 풍미와 향이 매력적이다. 다른 피티드 위스키들보다 청량한 느낌의 피티드로, 입안을 지나 머리까지 상쾌

해질 때도 있다. 나는 마셨을 때 향이 정수리 끝까지 올라오는 이 느낌을 좋아하는데, 라프로익을 마실 때 자주 느낀다. 이런 기분은 고숙성의 라프로익에서는 느껴지지 않아서, 18년 이상 숙성된 제품에는 관심이 없다. 이건 맛이 아니라 취향의 문제다. 덕분에 같은 가격으로 더 많은 라프로익을 즐길 수 있게 되었으니 얼마나 다행인가.

라프로익에 대해 깊은 애정을 표했던 영국의 국왕 찰스 3세도 이런 느낌을 받았을까? 찰스 3세와 라프로익 증류소의 일화는 유명하다. 1994년 당시 왕세자였던 찰스 3세는 비행기 사고로 아일레이섬에 불시착했다. 경비행기를 직접 조종하고 있었는데, 변덕스러운 날씨에 비행기가 활주로를 벗어나 버린 것이었다. 어쩔 수 없이 섬에 머물러야 했던 찰스 3세는 근처에 있던 증류소를 방문했는데, 그게 바로 라프로익 증류소였다. 라프로익 증류소에서 위스키를 맛본 그는 그 맛에 반해 로열 워런트를 직접 수여했다고 한다. 찰스 3세도 나처럼 피티드 위스키를 좋아했나 보다. 그래서 라프로익 위스키의 라벨에서는 프린스 오브 웨일스의 깃털 문양을 볼 수 있다. 이는 아일레이 증류소 중 유일하다고 한다.

라프로익 증류소는 아드벡과 라가불린 증류소와 이웃하고 있다. 아드벡과 라가불린 역시 위스키 애호가들에게 인기 있는 증류소다. 이 외에도 아일레이섬에는 개성 강한 증류소가 많다. 그 이유가 이곳 물에 피트 함유량이 많아서라는 말도 있지만, 증명된 바는 없다. 하지만 아일레이 지역의 제품은 대체 불가하다는 것만큼은 확실하다.

아일레이섬에서 만든 위스키의 특징이라고 할 수 있는 피트는 병원 냄새 또는 정로환 냄새 등으로 표현되는데, 오래 숙성할수록 점차 옅어진다. 일반적으로 숙성 연수가 낮은 제품부터 맛보는 것이 증류소의 특징을 알아가는 데 도움이 된다. 처음부터 고숙성 제품들을 접하면 저숙성 제품들을 넘기기가 버거울 수 있기 때문이다. 무엇보다 각 증류소의 매력을 깊이 알기에는 비교적 부드러운 고숙성보다는 증류소의 특징을 좀 더 잘 느낄 수 있는 저숙성 제품으로 시작하는 것이 좋을 듯하다. 처음부터 무턱대고 고가의 라인을 접하기엔 가격 부담도 있으니 말이다. 라프로익의 경우 가장 기본적인 10년을 시작으로 삼는 것을 추천한다.

라프로익의 저숙성부터 고숙성, 독립 병입까지 다양하게 맛

봤지만, 나는 라프로익 18년이 가장 좋다. 히스 씨는 라프로익 25 CS를 좋아하는데, 내게는 매력이 조금 부족하게 느껴졌다. 물론 25 CS도 맛있다. 가격대도 훨씬 높고, 좋은 날이면 가끔 주문하기도 한다. 하지만 나의 최애는 라프로익 18년이다. 위스키는 취향이니까.

가끔 바에 앉아 마땅한 주문이 생각나지 않을 때면 라프로익 10년으로 만든 하이볼이 그립다. 만약 좋아하는 위스키가 있다면, 하이볼로 마셔 보는 것을 추천한다. 내가 좋아하는 위스키를 색다르게 즐길 수 있는 방법이다. 바리스타에 따라 커피 맛이 달라지듯, 칵테일도 누가 만드느냐에 따라 향이나 맛이 달라질 수 있다. 이 얼마나 무궁무진한 가능성의 세계란 말인가. 바텐더들이 저마다의 방법으로 해석한 나의 위스키, 나의 하이볼. 생각만 해도 기분이 좋다. 물론 그 결과가 기대에 못 미칠 수도 있다. 기대보다 훨씬 더 멋질 수도 있고. 하지만 내가 좋아하는 위스키가 어떻게 변신할지 즐거운 상상을 하는 것만으로도 하이볼을 주문할 가치는 충분히 있다.

언젠가 해가 완전히 저문 시간에 택시를 잡아타고 상수동으로 향했다. 저 멀리 화려한 불빛과는 조금 떨어진 골목의 한

구석, 작은 바로 걸음을 옮겼다. 그곳에는 실력 좋은 바텐더가 나를 기다리고 있었다. 그날 난 라프로익 10년과 라프로익 쿼터 캐스크를 섞은 하이볼을 마셨다. 반듯한 각얼음 위로 쏟아지는 위스키와 탄산수, 곧이어 시원하게 올라오는 탄산과 라프로익 특유의 피트 향. 하루의 피로가 싹 씻겨 나가는 듯했다. 기주베이스가 되는 술는 달라졌지만, 그는 언제나 내가 만족할 하이볼을 만들어 낸다. 오늘 저녁에는 상수동에 가야겠다.

라프로익은 '드넓은 만의 아름다운 습지'라는 뜻이다. 향이 강하고 거친 축에 속해서 호불호가 뚜렷하게 갈리는 위스키로 유명한데, 대중적인 위스키를 마시던 사람이 처음 라프로익을 접하면 '도대체 이걸 왜 마시지?'라는 생각이 들 수도 있다. 하지만 한번 그 매력에 빠지면 나처럼 헤어 나오지 못할 수도 있다는 걸 명심하길.

 히스 씨의 최애, 아드모어

히스 씨가 가장 좋아하는 위스키는 뭘까? 난 당연히 셰리 위스키일 거라고 생각했다. 하지만 뜻밖에도 히스 씨의 최애는 아드모어 위스키였다. 히스 씨는 과일 향이 풍부한 셰리 러버 아니었나? 아드모어는 과일 향보다는 가벼운 스모키 향이 특징인 위스키인데…… 대체 무슨 맛이길래 아드모어 위스키가 최애 자리를 꿰찬 거지? 나는 히스 씨에게 나도 맛봐야겠으니 한 병을 주문해 달라고 했다. 며칠 뒤 독립 병입자인 와이즈 캐스크에서 아드모어 증류소의 위스키 원액을 선별하여 그대로 병입한 '더 볼트' 시리즈가 왔다.

사실 그전에도 몇 종류의 아드모어 위스키를 맛본 적은 있지만 별다른 인상은 받지 못했다. 그런데 무려 독병독립 병입 위스키 이라니. 마니아적인 성격이 강한 독병으로 내가 히스 씨가 좋아하는 아드모어의 매력을 알 수 있을까? 히스 씨와 나는 버번위스키를 어려워하면서도 버번 캐스크에서 숙성한 스카치위스키는 좋아하는데, 히스 씨 말로는 아드모어가 버번 캐스크의 매력을 기가 막히게 잘 살려 낸다고 한다. 아마도 그래서 최애가 된 게 아닐까 싶다.

우리는 친구들과 이 위스키를 나눠 마시기로 했다. 부인이 임신한 후로 얼굴 보기 힘들었던 유니 씨도 온다고 했다. 결혼 소식도, 아버지가 될 거라는 소식도 갑작스럽게 전했던 유니 씨다. 그간 어떻게 살았을까, 어떤 모습일까 기대가 되었다.

늦은 시간 모인 셋은 동네에서 사 온 만두와 안주로 배를 채우며 술잔을 넘겼고, 자리를 옮겨 다음 잔을 이어 갔다. 어스름한 분위기와 적당히 들뜨는 음악, 사람들의 잔잔한 취기가 전해지는 공기의 공간은 회포를 풀기에 적당했다. 시끌벅적이 아닌 도란도란한 분위기가 이어졌다. 나이가 든 건가, 어느덧 점잔을 빼며 마시는 법을 터득한 것도 같다.

물론 모두가 그런 건 아니었다. 부인의 허락을 받고 오랜만에 술자리에 나온 유니 씨는 어지간히 신이 났는지, 내가 한 잔 마실 때 석 잔을 넘겼다. 거기에 도수 57퍼센트의 위스키를 원샷으로 털어 넣었다. 이대로는 안 되겠다 싶어 히스 씨가 택시를 불러 유니 씨를 집으로 보냈다.

유니 씨를 보내고 우리는 남아 있는 아드모어를 비로소 천천히 음미했다. 집중하며 마시고 보니 히스 씨가 버번 캐스크를 잘 쓴다고 말한 이유를 알 것 같았다. 매력 있는 위스키라는 것도 공감되었다. 마시는 동안 아보카도가 떠올랐고, 맑으면서도 적당히 기름진 버번 캐스크라는 생각이 들었다. 밸런스도 좋았다. 약간의 킥과 스파이시가 있으면서도 마시기에 나쁘지 않았다.

하지만 호불호는 확실할 것 같다는 생각도 들었다. 위스키를 막 입문한 사람에게는 어렵게 느껴질 수 있다. 버번 캐스크를 사용한 위스키를 충분히 경험해 보고 마시는 것이 좋을 것 같다. 만약 입맛을 업그레이드시킬 때가 되었다면 한 번쯤 도전해 보길.

3장

여행과 위스키

위스키를 위해 비행기를 탔다

위스키를 사려고 또 비행기표를 끊었다. 비행기를 타지 않으면 위스키를 못 마시는 것도 아닌데 호들갑이라고 할 수도 있다. 하지만 비행기를 타지 않으면 마실 수 없는 위스키가 꽤 많다.

언제부터인가 위스키를 즐기는 사람이 부쩍 늘었다. 그래서일까, 가격이 말도 안 되게 치솟은 적이 있었다. 그 옛날 금주법의 시대처럼 직접 술을 숙성해 볼까 생각한 적이 있을 정도로. 지금은 안정화되는 추세이지만 여전히 마음껏 즐기기에는 부담스러운 가격이다. 실제로 취미 삼아 집에서 직접 위스키를 증류하는 사람도 있다고 한다. 하지만 유서 깊은 맷돌이들을 알게 된 이상 재주 없는 내가 주먹구구식으로 술을 만들 필요는 없다. 재미나 약간의 보람이 있을 수는 있겠지만, 그러기엔 너무나 귀찮은 일이 아닌가?

아무튼 이런 상황에서 면세점에서의 위스키 구매는 단비 같은 일이다. 특히 제주 면세점에서는 가끔 한정판을 풀기도 하는데, 이를 위해 비행기를 타는 (나를 포함한) 위스키 애호가들이 적지 않다. 나에게 비행기표는 면세점 입장권이나 다름없다. 히스 씨와 나는 면세점마다 들어가 위스키를 구경하고, 가격이 괜찮은 게 있으면 산다. 면세점에서 새로운 소식을 동냥

하는 것도 재미있다. 그래서 면세점 한정판이 풀릴 때면 없던 여행 계획을 세우기도 한다. 위스키를 사러 가는 김에 여행도 하는 셈.

우리가 처음 샀던 면세점 한정판은 조니 워커의 블랙 라벨 오리진 시리즈였다. 당시 우리는 아일레이섬에서 생산하는 위스키에 흥미를 느끼고 있었다. 그런데 공교롭게도 면세점 한정판으로 나온 조니 워커 블랙 라벨 오리진 시리즈에 아일레이가 있었다. 게다가 일본 여행을 갈지 말지 고민하던 시기이기도 했다. 우연이 겹치면 필연이라던데, 조니 워커 블랙 라벨 오리진을 만날 운명이었던 건가! 희망 회로를 돌린 끝에 곧바로 후쿠오카행 비행기표를 끊었다.

그렇게 가게 된 일본, 하카타역에서는 한창 크리스마스 마켓이 열리고 있었다. 마감이 얼마 남지 않은 시간이라 마음이 급해졌다. 우리는 빠르게 호텔로 걸어가 짐을 던져두고 다시 역으로 달려갔다. 혹시 늦은 건 아닐까 싶어 가슴이 쿵쾅쿵쾅 뛰었다.

평소 히스 씨와 나는 사람이 몰리는 시간이나 공휴일은 물론이고, 주말에도 웬만해선 외출을 하지 않는다. 여행도 조용한 외곽을 선호하는 편이다. 그런데 후쿠오카 도심 한복판 크리스마스 축제가 한창인 곳을 향해 달리고 있다니. 하지만 따스한 조명 탓일까, 아니면 행복해 보이는 사람들의 표정 때문일까, 아니면 곧 만나게 될 위스키 때문일까. 평소라면 거부감이 들 상황에도 묘한 설렘으로 마음이 간질거렸다.

공간에 가득 들어찬 볼거리, 먹거리 사이로 위스키 부스가 눈에 띄었다. 나는 라프로익 15년을, 히스 씨는 글렌모렌지 시그넷을 골랐다. 일회용 테이크아웃 잔에 담긴 위스키의 향은 거의 다 날아간 상태였고, 저렴하다고도 할 수 없는 가격이지만 상관없었다. 지금 기분이 최고니까. 들려오는 노래는 흥겨웠고, 산타 복장을 한 직원이 파는 애플 슈는 눈이 동그래질 만큼 맛있었다.

우리는 밤늦게까지 축제를 즐기고 호텔로 돌아왔다. 그런 다음 옷을 갈아입고 원래의 계획대로 가고 싶었던 위스키 바로 향했다. 그리고 맛 좋은 위스키들을 늘어놓고 실컷 마셨다. 다음 날 밤에도, 그다음 날 밤에도 우리는 위스키를 마셨다.

귀국하는 날에는 잊지 않고 면세점에서 조니 워커 블랙 라벨 오리진을 데려왔다. 계획대로라면 아일레이를 먼저 사야 했는데, 요즘에는 스페이사이드가 인기가 좋다는 말에 귀가 팔랑거려 스페이사이드를 사고 말았다. 귀국하자마자 곧바로 후회했지만, 어쩌겠나. 그런데 어쩌다 보니 일주일 뒤에 또다시 후쿠오카행 비행기에 올랐고, 결국 아일레이를 사 왔다. 재고가 남아 있지 않을까 봐 마음 졸였던 만큼 아일레이를 손에 넣었을 때 뿌듯하고 만족스러웠다.

조니 워커 블랙 라벨 오리진 시리즈는 스코틀랜드에서 대표적인 위스키 생산지인 하이랜드, 로우랜드, 스페이사이드, 아일레이섬 네 지역을 테마로 출시한 위스키다. 위스키마다 해당 지역의 특징을 느낄 수 있다.

🟩 바 키친, 위스키 러버들의 성지

"후쿠오카에 있는 '바 키친'에 가 보셨어요?"

당연히 알고 있을 것이라는 듯 묻게 되는 바다 건너 다른 나라의 위스키 바. 누군가는 가 봤고, 누군가는 갈 계획이고, 또 누군가는 들어봤다고 한다. 위스키를 어느 정도 즐기는 사람들에게는 소문이 자자한 위스키 러버들의 성지, 바 키친. 어떤 이는 후쿠오카에 가는 이유가 바 키친 때문이라고 한다. 히스 씨와 내가 그랬던 것처럼.

텐진역 근처 유흥가의 화려한 네온사인과 사람들의 뜨거운 열기, 얼큰하게 달아오른 얼굴들을 피해 조용한 골목으로 접어들면 익숙한 간판이 눈에 들어온다. 항상 그 자리에서 기다리고 있었다는 듯 작게 빛나는 나무 간판과 사장님의 출근을 알리는 입구에 세워진 자전거에 빙그레 미소가 지어진다.

벽면 1/4 정도 채워진 벽돌들은 판타지 소설 〈해리 포터〉 시리즈 속 '9와 4분의 3 승강장'이 떠오른다. 저 문 너머로 신나는 모험의 세계가 펼쳐질 것 같은 느낌. 호그와트에 들어서듯 들뜬 마음으로 문을 열고 안으로 들어갔다. 비가 왔었나, 우산이 빼곡히 꽂힌 우산꽂이를 지나 몇 걸음 걸으니 커다란 나무문이 나타났다. 비밀의 문을 열 듯 묵직한 나무문을 열고 고개를 들이밀었다. 벽면을 가득 채운 위스키들이 모습을 드러냈다.

처음 이곳을 방문했을 때 분위기에 압도된 우리에게, 작은 체구의 인상 좋은 사장님이 인사를 건네며 위스키밖에 없는데 괜찮겠냐고 물었다. 그 말을 듣는 순간 드디어 위스키 성지에 도착했구나 싶었다.

나무와 술병이 가득한 내부는 이곳이 콘크리트 건물이라는 사실을 잊게 한다. 단단하게 짜인 해그리드의 오두막에 들어간다면 이런 기분일까. 바 테이블은 한 사람 정도 오갈 수 있는 공간을 두고 길게 늘어져 있었다. 히스 씨와 나는 이 멋진 테이블에 자리를 잡고 앉았다. 사방으로 위스키가 채워진 공간에 절로 고개가 돌아갔다. 두리번거리는 우리에게 바텐더는 어떤 위스키를 좋아하느냐고 물었다. 생각해 보니 이곳에는 메뉴판이 없었다. 메뉴판에 적힌 몇 가지 선택지가 아닌 내 취향을 주문하는 곳. 키친의 바텐더는 언제나 우리의 취향을 내주었다. 항상 다른 걸 주문했지만, 항상 원하는 맛을 찾아 줬다. 기분 탓일까. 주문이 쌓일수록 위스키가 더 맛있어졌다.

벽면 가득한 술들은 우리가 바다 건너 이곳에 온 이유다. 국내에서는 쉽게 만날 수 없는 귀한 위스키들을 이곳에서는 좋은 가격에 맛볼 수 있다. 만약 한국이었다면 이렇게 마음 놓고 마실 수 없었겠지. 왕복 비행깃값을 고려해도 이득이다.

두 번째 방문했을 때 사장님은 우리뿐만 아니라 우리의 취향까지 기억하고 있었다. 그리고 새로운 위스키를 줄줄이 추천해 주었다. 같은 증류소에서 만든 위스키 중에 캐릭터가 비슷하면서도 다른 것들을 알려 줬는데, '아델피 보모어'도 이때 맛본 위스키다.

이때 마신 아델피 보모어는 그동안 맛본 위스키 중 단연 최고의 맛이었다. 마시는 순간 꽃향기가 비강에 확 퍼졌다. 셰리가 강하면서도 전혀 끈적임이 없고, 상큼하고 맑았다. 포도 향이 인상 깊은데, 도수가 높은 술임에도 목 넘김이 부드럽고 고소함이 올라왔다. 이어지는 상큼하고 향기로운 잔향까지. 이게 무슨 일이야. 너무 맛있어서 내가 호들갑을 떨자, 사장님도 본인이 가장 좋아하는 위스키라며 아마 두 번 다시 못 구할 것이라고 넉살을 부렸다. 그 후로 여러 아델피를 구해서 먹어 봤지만 그때 마신 위스키에 버금가는 것은 찾지 못했다.

히스 씨와 나는 일본에 가면 어김없이 바 키친에 갔고, 바 키친에 가고 싶어 여행 계획을 짰다. 이야기를 하다 보니 그리움이 밀려든다. 그때 마셨던 아델피 보모어를 마시고 싶다. 그곳에 가면 다시 그 맛을 느낄 수 있을까? 간만에 일본 여행을 계획해 봐야겠다.

아델피 보모어는 독립 병입자인 아델피가 보모어 증류소의 위스키를 병입하여 만든 위스키다. 아델피는 다양한 지역의 몰트와 위스키로 제품을 만드는데, 짭조름한 바다 향과 과일 향, 은은한 피트 향의 밸런스가 좋아 부드럽게 마실 수 있다.

 우리가 쿠라요시에 가는 이유

일본 후구오카에 있는 바 쿠라요시는 칵테일 바로 유명하다. 색다른 경험을 하고 싶어서 들렀던 곳인데, 분위기가 마음에 쏙 들었다. 덕분에 칵테일을 마시기 시작했다. 쿠라요시는 칵테일이 유명한 곳이니까. 쿠라요시의 계절 칵테일은 우리가 좋아하는 몇 안 되는 칵테일 중 하나다. 물론 칵테일만을 마시기 위해 그곳에 가는 것은 아니다. 나는 보통 계절 칵테일 또는 진피즈, 진 리키, 하이볼 정도를 첫 잔으로 마시고, 위스키를 마신다. 쿠라요시에는 맛 좋고 구하기 어려운 위스키가 꽤 많다. 게다가 직원들도 무척이나 친절해 그곳에 가면 항상 기분이 좋아진다.

우리는 발길을 재촉하여 골목 한복판의 빌딩으로 향했다. 에스컬레이터를 타고 올라가 나무문을 열자 따뜻한 환영 인사가 쏟아졌다. 아, 이게 얼마 만이야. 꽃 피던 봄에 왔었는데 벌써 겨울이 되었다. 우리 얼굴을 기억하고는 반겨 주는 직원들이 반갑고 감사했다.

우리는 바 테이블로 안내를 받았다. 뒤에서는 겉옷을 받아 주고, 앞에서는 따뜻한 물수건을 건넸다. 바텐더가 우리에게 안부를 물었다. 진피즈 두 잔을 주문하고 나니 옆 테이블에 놓인 귀여운 계절 칵테일이 보인다. 저것도 마셔 봐야지.

진피즈를 비우고 바로 계절 칵테일을 주문했다. 바텐더가 금귤과 비슷한 싱싱한 과일 뭉텅이를 들고나오며 이걸로 칵테일을 만들 거라고 설명했다. 바텐더의 농담에 한바탕 웃고 나니 눈앞에 금가루가 뿌려진 귀엽고도 멋진 칵테일이 놓였다. 쿠라요시의 칵테일은 밸런스와 음용성이 좋다. 나는 진 베이스가 아닌 칵테일은 어려워하는데 어째서인지 이곳의 계절 칵테일만큼은 곧잘 넘어간다.

한번은 바텐더에게 "나는 캄파리가 들어간 칵테일이 맞지

않는다."라고 말했다. 캄파리는 이탈리아를 대표하는 리큐르^은
^{성출}로, 다양한 칵테일 베이스에 사용된다. 바텐더는 캄파리병
을 고쳐 주겠다는 말과 함께 바삐 손을 움직이더니 살얼음이
띄워진 예쁘장한 칵테일을 만들어 주었다. 그런데 웬걸, 그동
안 마셔 본 캄파리 베이스 칵테일들과는 확연히 달랐다. 맛도
좋았지만, 살얼음과 함께 입안에 밀려 들어오는 부드러운 느
낌이 아직도 잊히지 않는다. 그다음 마신 위스키는 말해 무엇
하랴, 실물로는 처음 보는 귀한 위스키들을 밤이 하얗게 셀 때
까지 마셨다.

세 번째 방문했을 때 GM^{총괄 관리자}은 히스 씨와 나의 취향을
완벽하게 파악하고 있었다. 추천하는 위스키마다 입맛에 딱딱
맞았다. 우리는 체력이 허락할 때까지 위스키를 마셨다. 다음
에 올 때까지 체력을 길러야겠다고 다짐하면서.

언젠가는 의식의 흐름대로 주문한 적이 있다.

"여행의 마지막을 기억하게 해 줄 칵테일을 만들어 주세요."

바텐더들이 이런 추상적인 주문을 좋아하지 않는다는 걸 알
면서도 그때는 왜 그랬나 모르겠다. 바텐더가 내게 몇 가지 질
문을 던졌고, 나는 꽃향기가 났으면 좋겠다고 덧붙였다. 그리

고 얼마 후 내 앞에는 보랏빛이 도는 멋진 칵테일이 놓였다. 기다란 나팔 모양 잔에 담긴 칵테일에는 꽃향기가 가득 담겨 있었다. 나팔꽃을 따 먹으면 이런 맛일까? 고급스러운 외형에, 우아한 향기에, 마법 같은 시간에 취한 그날. 그때 마신 칵테일은 내 인생 최고의 칵테일로 기억된다.

여행의 마지막 날 밤, 아쉬운 마음으로 마지막 마실 술을 골랐다. 아까부터 산토리 창립 100주년을 기념하여 만든 히비키 21년이 눈앞에서 존재감을 뿜고 있다. 히비키는 평소 즐겨 마시던 술은 아니다. 구하기도 쉽지 않고, 예전보다 가격도 많이 올라 대체제가 많기 때문이다. 하지만 이건 100주년을 기념하여 만든 한정판인데, 이대로 지나치면 후회하지 않을까? 게다가 최저 17년 이상의 원주에 최고 38년 숙성 원주를 블렌딩했으며, 30년 이상의 야마자키 미즈나라 캐스크를 사용했다고 하지 않은가. 가격은 좀 비싸지만 지금이 아니면 언제 마셔 볼 수 있겠느냐 말이다. 열심히 머리를 굴려 계산을 해 봐도, 출시된 지 얼마 안 되었을 때 현지에서 맛보는 것이 가장 저렴할 터이다. 지금이 히비키 100주년을 경험할 절호의 기회다. 그래, 마지막 잔은 너로 정했다.

치열한 고민 끝에 내린 결정은 성공적이었다. 미즈나라 나무로 만든 캐스크에서 숙성한 특유의 향이 일품이었고, 그 맛은 화려하면서도 우아했다. '울림, 메아리'라는 의미에 걸맞게 히비키 100주년의 맛은 여행의 마지막 밤을 깊게 아로새겼다.

쿠라요시에 가면 항상 즐겁다. 우리 얼굴을 기억해 주고 반가워해 주니 감사할 수밖에. 내게 쿠라요시는 지인들에게 권하는 곳이자, 좋아하는 사람들과 함께 가고 싶은 곳이다. 내가 느낀 즐거움을 내가 좋아하는 사람들도 느낄 수 있도록.

히비키는 일본 산토리 그룹이 제조하고 판매하는 위스키 브랜드로, 1989년 산토리 창립 90주년을 기념하며 출시되었다. "사람과 자연과 어울리는"이라는 산토리의 기업 철학을 잘 구현한 브랜드로 평가되고 있다. 우리가 그날 마신 히비키 21년은 산토리 100주년을 기념해 특별 한정판으로 재출시된 위스키로, 특유의 화려한 향미와 숙성감에 복합성까지 더해져 긴 여운을 느낄 수 있다.

🟫 위스키 인연, 위스키 여행

나에게는 위스키로 연을 맺은 사람들이 있다. 수없이 술잔을 부딪치던 중 누군가 같이 여행을 가자고 말했고, 모두가 기다렸다는 듯 너도나도 좋다고 말했다. 윤이 씨는 여행 전날까지 칵테일을 만들었고, 흐니 씨는 서핑을 타다가 발리에서 날아왔다. 그리고 히스 씨와 나는 여행 갈 생각에 들떠 며칠 전부터 잠을 설쳤다.

춥지 않은 어느 가을날, 일본에 발을 디뎠다. 먼저 도착한 나와 히스 씨, 그리고 윤이 씨는 야구 선수 오타니의 단골집이었다던 튀김 집에서 배를 채우기로 했다. 나이 지긋한 사장 내외분이 운영하는 매장 벽에는 야구 선수들 사진과 야구 배트가 걸려 있었다. 아마도 사장님이 젊은 시절 야구를 했나 보다. 한가한 시간대였는지 손님은 우리뿐이었다. 나는 튀김 정식 일반을 주문하고, 히스 씨와 윤이 씨는 특을 주문했다.

푸짐하게 배를 채우고 나니 흐니 씨가 도착했다. 우리는 곧 한적한 골목의 이자카야로 들어가 맥주 세 잔에 닭날개 튀김인 테바사키와 꼬치를 주문했다. 튀김 집에 이어 히스 씨가 찾아낸 로컬 맛집이었다. 맥주를 금방 비운 흐니 씨와 히스 씨는 메가 사이즈의 생맥주를 주문했다. 관광지에 있고, 맛도 좋은데 가격도 착하다. 이런 데를 어떻게 찾았담. 우리는 가게 문을 닫을 때까지 주문을 이어 갔다.

다음 맛집은 히스 씨와 두어 번 갔던 아사히 인증점아사히 맥주를 최상의 품질로 제공하는 곳. 맥주는 물론 모츠나베가 맛있는 곳이다. 전에 없던 영어 메뉴가 생긴 걸 보니 이곳도 관광객들이 꽤 찾아오나 보다. 모츠나베와 모둠 꼬치를 안주로 시원한 아사히 맥주를 마셨다. 재잘재잘 이야기가 끊임이 없고 하하 호호 웃음이 이어졌다.

어느새 새벽녘이 되었다. 하지만 우리는 아직 술이 고팠다. 히스 씨와 나는 후쿠오카에 왔으니 쿠라요시에 가야 한다며 나카스의 익숙한 골목으로 발걸음을 옮겼다. 환하게 웃으며 반기는 직원들을 보니 우리가 오늘 오겠다고 약속을 했던가 싶었다. 깊은 밤 손님은 우리뿐이었다. 그동안 지인들에게 침을 튀겨 가며 추천했던 칵테일 맛집이자, 히스 씨와 내가 후쿠오카에 오면 꼭 들르는 방앗간에 드디어 친구들과 왔다.

바 테이블로 안내받은 우리는 바텐더를 마주 보고 나란히 앉았다. 계절 칵테일을 맛본 호니 씨와 윤이 씨가 너무 맛있다고 감탄했다. 그럼 그렇지. 내가 만든 것도 아닌데 괜히 뿌듯한 기분이 들었다. 이어지는 술, 술, 술. 바텐더가 동그랗고 하얀 인형에서 마시멜로 같은 걸 보여 줬고, 무지개 색깔이 들어간 티셔츠도 보여 줬다. 왜 보여 줬는지는 기억나지 않는다.

우린 칵테일 잔을 줄 세웠다. 많이도 떠들고, 웃고, 마셨다. 꽤 오래 머물렀는데 기억나는 장면이 몇 없다. 취기가 올랐었나 보다. 그런데 묻는 말에 대답은 잘해서 취한 것을 아무도 몰랐다고 한다. 아니, 그냥 당신들도 취했던 게 아닐까?

다음 날 생각보다 일찍 모인 우리는 첫 끼로 쌀밥에 녹차를 부어 먹는 오차즈케를 먹었다. 그런 다음 카페에서 커피를 마시고 거리를 걷다가, 사케 가게에 들러 구경을 했다. 호니 씨는 그곳에서 생사케를 샀고 윤이 씨는 유리잔을 구경했다. 그리고 마지막으로 위스키 가게에 들어섰다. 흐니 씨는 버번위스키를, 윤이 씨는 리큐르를 몇 병 샀다. 해가 뉘엿뉘엿 떨어질 때쯤 우린 이자카야를 찾았다.

한산한 골목의 작은 식당에는 흰색 티셔츠에 민머리가 인상적인 사장님이 기다리고 있었다. 우리는 바 테이블이 꺾이는 자리에 둘씩 안내를 받아 앉았다. 안에는 손님들이 가득했고, 바 테이블 위에는 먹음직스러운 요리들이 가득했다. 마치 잔칫날에 초대받은 기분이 들었다. 생맥주 네 잔과 코스 요리를 시켰다. 나오는 요리마다 푸짐하고 맛있었다. 유쾌한 사장님은 한국 드라마 '이산'을 좋아했다. 얼마 전 한국의 중년 배우가 다녀갔다면서, 윤이 씨에게 혹시 배우냐고 물어보는 바람에 한바탕 웃음이 터졌다.

나는 하이볼을, 흐니 씨와 히스 씨는 사케를 주문했다. 식당에 있는 사케를 죄다 마실 것마냥 주문이 끊임없이 이어졌다. 사장님은 도미를 통째로 찐 접시를 내놨다. 대식가인 흐니 씨와 히스 씨마저 배를 두드리며 백기를 들었다. 그런데 사장님은 우리 테이블에서 남은 요리를 가져가서는 카츠볼을 만들어 주셨다. 세상에나!

배는 불러도 술은 여전히 고팠던 우리는 이날 8차까지 갔다. 길고 긴 술집 여행의 마지막 여행지는 '체로키'. 싱글 몰트위스키를 전문으로 취급하는 몰트 바로, 구하기 어려운 올드 보틀을 만날 수 있는 곳이다. 언젠가 한 번 방문했는데, 그때 분위기나 추천받은 위스키가 마음에 들어 친구들과 함께 오고 싶었다.

두 개의 문을 열고 들어서니 어둑한 내부가 나타났다. 어스름한 조명과 높지 않은 정갈한 느낌의 술 장, 기다랗게 늘어진 나무 테이블은 단정하면서도 묘한 분위기를 자아냈다. 자리를 잡고 앉아 위스키를 추천해 달라고 했다. 직접 만든 듯한 안주는 고급 양갱의 식감으로 위스키와 궁합이 좋았다.

그날 마신 위스키 중 가장 인상 깊었던 것은 글렌로시스 1994로 부드럽고 산뜻하면서도 가볍지 않았다. 어릴 때 먹었던 마른 대추의 향이 떠오른달까. 지금도 가끔 그 대추 향이 생각난다. 다음에 가면 꼭 다시 그 대추 향 위스키를 마셔야지.

다음 잔을 기울일 때쯤 흐니 씨가 헤밍웨이의《깨끗하고 밝은 곳》이라는 단편 소설 얘기를 했다. 내용이 무척 흥미로워

이야기가 길어졌는데, 앞에 서 있던 사장님이 궁금해했다. 우리가 헤밍웨이의 소설 애기를 하고 있다고 하니, 사장님은 '바텐더'라는 단어가 계속해서 들리길래 자신을 두고 애기하는 줄 알았다며 웃으시더니 "헤밍웨이도 술을 좋아했죠."라고 말했다.

《깨끗하고 밝은 곳》에는 이런 대사가 나온다.

"밤마다 많이 취하지."

먼훗날 우리 여행을 보기라도 한 걸까. 매일 밤 차곡차곡 술과 추억을 쌓은 이번 여행을 잘 보여 주는 문장이다. 술을 참 좋아했던 대작가와 내적 친밀감을 느끼며 우리는 술잔을 기울였다.

1878년 설립된 글렌로시스 증류소는 화재가 두 번이나 발생하고, 주인도 여러 차례 바뀐 복잡한 이력이 있다. 증류해서 캐스크에 넣은 후 가장 맛이 좋을 때 병입하겠다는 의미로 숙성 연도가 아닌 증류 연도를 표기하는 독특한 방식을 택했다. 대부분 10~16년 숙성한 제품인데, 드물지만 고숙성 제품이 발매되는 경우도 있다. 글렌로시스 위스키는 살구, 블랙베리 등의 과일 향과 시나몬 향, 꿀의 풍미가 특징이다.

 운명처럼 만난 마르스 츠누키 증류소

히스 씨와 나에게 규슈는 추억의 섬이다. 산과 바다가 있는, 한적하면서도 옛 정취를 간직한 곳. 전통을 이어 가며 자연의 순리에 맞춰 살아가는 곳. 오는 사람 막지 않고 가는 사람은 잡지 않는 무심하면서도 포근한 자연을 느낄 수 있는 곳. 좋았던 기억만 새록새록 떠오르는 곳.

2024년 7월, 히스 씨와 나는 추억이 어린 그곳으로 여행을 떠났다.

가고시마에서 맞이하는 아침, 하늘은 파랗고 햇볕은 눈부셨다. 아니, 뜨거웠다. 아침부터 28도를 웃도는 기온에 차를 렌트하지 않았다면 제대로 돌아다닐 수 없었을 것이다. 하지만 윤

슬이 가득한 바닷가는 너무나 아름다워서 절로 실웃음이 지어졌다. 혹시나 해서 수영복을 챙겼는데, 잘됐다. 뿌듯한 기분에 입꼬리가 올라갔다. 끝없이 펼쳐진 바닷가를 달리다가 적당한 곳에서 바다에 풍덩 뛰어들어야지.

가고시마에 이렇게 볼 게 많았었나. 생각보다 풍성한 볼거리에 바삐 움직이느라 여행 막바지가 되도록 못 했던 해수욕을 할 기회가 드디어 생겼다. 오늘은 꼭 해수욕을 하고 말겠다는 마음으로 관리소 직원에게 말을 걸었다. 뜨거운 볕에 피부가 까맣게 탄 직원은 특유의 사투리로 이제 곧 영업이 끝나지만 들어갈 수는 있다고 했다. 곧이어 화장실과 샤워장은 곧 문을 닫을 거라는 말을 덧붙였다. 우리가 괜찮다고 말하자 직원은 곧 파도가 세지는데 정말 괜찮겠느냐며 걱정보단 놀라운 듯 물었고, 우리는 곧바로 답했다.

"다이죠부데스괜찮습니다."

감사하게도 그 직원은 탈의실을 쓸 수 있게 해 주었고 우린 잔뜩 신난 걸음으로 탈의실로 향했다.

드디어 수영복으로 갈아입고 해변에 챙겨 온 돗자리를 폈다. 돗자리의 요란한 패턴이 흥겨운 내 기분을 보여 주는 듯했다.

저 멀리 작은 바위 너머로 큰 파도가 주기적으로 몰려오고, 그 앞에는 어떤 사람이 서프보드를 들고 파도를 마주하고 있었다. 모래 위에는 바다가, 바다 위에는 하늘이 있었다. 눈이 시릴 정도로 맑고 파란 세상, 잠시 난 별세계에 온 듯했다.

가고시마에는 맛있는 음식과 술 들이 널려 있다. 이곳 사람들은 분명 술도 사랑하리라. 주변에 혹시 증류소가 있지는 않을까. 느긋하게 해수욕을 즐기며 주변을 검색했다. 역시 멀지 않은 곳에 증류소가 있었다. 그것도 우리가 좋아하는 마르스 츠누키 위스키 증류소가 말이다. 이렇게 큰 볼거리가 얻어걸리다니. 가는 길에는 카노스케 증류소도 있다고 한다. 언젠가 후쿠오카의 바에서 마신 카노스케 증류소에서 만든 위스키가 떠올랐다. 이게 웬 횡재야. 입맛을 다시며 계획을 추가했다.

다음 날, 아침부터 부지런을 떨어 평소보다 일찍 숙소를 나섰다. 룰루랄라 신나게 차를 몰고 뜨거운 도로를 달려 카노스케 증류소 입구에 도착했다. 그런데 너무 조용하고, 깔끔하고, 사람이 없다? 이 불길한 기분은 뭐지? 불안한 마음으로 입구를 찾아가니 그 이유가 명확하게 쓰여 있었다.

CLOSED. 지나가는 사람에게 물어보니 휴일이라고 한다. 아, 오늘이 카노스케 증류소 휴일이구나. 확인해 보고 올걸. 풍선에 바람이 빠지듯 어깨에서 힘이 빠져나갔다.

다시 출발하기 전 마르스 츠누키 증류소에 전화로 영업 여부를 확인했다. 다행히 마르스 츠누키 증류소는 영업 중이며 언제든지 투어도 가능하다고 답해 주었다. 투어는 온라인 예약은 물론 현장에서도 바로 가능하다고 했다. 그래, 원래 목적은 마르스 츠누키 증류소였으니 오늘은 여기에 집중하는 거야. 카노스케 증류소에서 빠진 기운을 마르스 츠누키 증류소에 대한 기대감으로 채워 넣고 출발!

드디어 마르스 츠누키 증류소에 도착했다. 안내소에 가니 팸플릿과 방문자 명찰을 주고는 방문 순서를 간단하게 설명해 줬다. 히스 씨는 운전자 목걸이를 받았다. 가이드가 함께하는 것도 좋겠지만, 우리는 자유롭게 감상하는 편이 좋았다. 다행히 방문자가 거의 없어서 조용하고 여유롭게 둘러볼 수 있었다. 우리는 증류소 ⇨ 박물관 ⇨ 저장고 ⇨ 시음장 순으로 거닐었다.

우선 증류소부터. 증류소 안에 들어서자 기다란 관이 복잡하게 이어진 증류기가 나타났다. 멋짐을 뿜어내는 증류기와 하얗고 거대한 몰트빌아된 보리, 맥아라고도 부른다. 포대. 이게 뭐라고 심장이 마구 두근거렸다. 이어서 마르스 츠누키의 역사와 위스키가 만들어지는 과정이 글과 사진으로 전시되어 있었다. 마르스 츠누키는 소주를 만드는 양조 업체인 혼보주조에서 만들었다고 한다. 2층의 복도에는 역대 혼보주조의 보기 힘든 귀한 술들이 진열되어 있어 흡사 역사 박물관에 온 듯했다. 한참 혼보주조의 시간 여행을 즐긴 우리는 밖으로 이동했다.

이제 또 다른 역사를 마주할 차례다. 그림처럼 펼쳐진 파란 하늘 아래 고대 유물처럼 놓인 벽돌 건물이 나타났다. 세월에 그슬린 검은 벽면에 옛 감성이 묻어나는 아치형 나무문을 열었다. 묵직한 무게를 버티고 들어가니 별세계가 펼쳐졌다.

사람 하나는 너끈히 들어갈 만큼 큰 캐스크가 좌우, 위아래로 늘어서 공간을 가득 채우고 있었다. 안쪽으로 쭉 들어가자 끝부분에 내부가 보이는 투명한 뚜껑의 캐스크 두 통이 눕혀져 있었다. 자세히 보니 숙성 햇수에 따른 변화를 볼 수 있도록 새로 담근 술과 3년 숙성된 술을 담아 놓은 것이었다. 와, 위스키 때깔 보소. 숙성된 위스키는 자체 조명이라도 쓴 듯 신

비로운 빛깔로 붉게 빛나고 있었다. 어서 시음장으로 이동해야겠다.

대망의 시음장으로 가는 길. 마르스 츠누키 증류소의 시음장은 혼보주조 가문의 사택을 개조하여 만들었다고 한다. 일본 전통 가옥의 잘 꾸며진 정원 속으로 걸음을 옮기는데, 꼭 비밀의 화원에 들어온 느낌이었다. 날씨는 또 왜 이렇게 좋은지. 한 폭의 수채화 같은 정원을 지나 드디어 시음장에 들어섰다.

옛 가옥 분위기는 건물 안까지 이어졌다. 깔끔하고 정갈한 느낌의 현관을 지나자 화려한 내부가 나타났다. 고풍스러운 나무 술 장에 마르스 츠누키 증류소에서 만든 한정판 위스키가 가득 전시되어 있었다. 이보다 더 화려할 수 있을까. 눈을 어디에 둬야 할지 모르겠어서 두리번거리며 내부를 돌아다녔다. 그러다 멈춰 선 곳은 이곳에서만 만날 수 있는 증류소 한정 위스키와 기념품 앞. 정신을 차리고 보니 품 안에는 한정판 위스키 두 병과 츠누키 위스키 일러스트가 그려진 티셔츠, 단식 증류기 모양의 배지가 들려 있었다.

직원의 안내에 따라 우리는 자리에 앉았다. 운전을 해야 해서 마시지 못하는 히스 씨를 위로하며, 나는 르 파피용 시리즈와 츠누키 싱글 캐스크를 한 잔씩 주문했다. 눈부신 햇살이 쏟아지는 아름다운 정원을 바라보며 시음을 즐기다니, 신선놀음이 따로 없군. 풍경도 술맛도 비현실적이던 그 순간은 잊히지 않는 꿈처럼 내 기억에 각인되었다.

마르스 츠누키 르 파피용. 마르스 츠누키 증류소에서 만드는 고급 위스키로, 르 파피용은 프랑스어로 '나비'를 의미한다. 일본에 서식하는 나비를 모티브로 위스키가 숙성되는 일본의 자연환경에 대한 아름다움을 표현한 시리즈라고 한다. 각 위스키 병에는 특정 나비 그림과 이름이 붙어 있는데, 일본에 자생하는 나비를 모두 마르스 몰트로 표현하겠다고 하니 앞으로 가 더 기대되는 시리즈다.

4장

정석은 없다

 ## 오늘도 버번위스키와 내외 중

버번위스키는 스카치위스키와 함께 꾸준히 사랑받는 위스키다. 버번의 주원료는 몰트가 아닌 옥수수다. 여기에 다른 원재료를 섞어 발효시킨 후 안쪽을 태운 통에 넣어 숙성한 위스키로, 거친 매력이 느껴진다. 단맛과 고소한 너티함, 바닐라 향이 특징이다.

나는 한 번쯤 비버 엉덩이에 코를 대 보고 싶을 정도로 바닐라 향을 좋아한다. 웬 뜬금없이 비버 엉덩이냐고? 우리가 아는 바닐라 향을 만드는 데는 비버의 항문이나 생식선 분비물에서 채취한 물질이 들어간다고 한다. 난 이 사실을 알고도 바닐라 향이 여전히 좋고, 버번위스키의 대표적 향인 바닐라 향도 좋아한다. 하지만 나는 버번이 어렵다.

사람들에게는 자기에게 맞지 않거나 싫어하는 주종이 있는데 나에게는 버번이 그렇다. 아마도 버번위스키 특유의 킥에 적응하지 못해서가 아닐지 추측해 보지만, 정확한 이유는 모르겠다. 하지만 누군가에게는 그 킥이 매력으로 느껴지겠지. 언제나 말하듯 위스키는 취향이니까.

하지만 히스 씨와 나는 끊임없이 우리 입맛에 맞는 버번위스키를 찾으려 노력한다. 버번위스키 전체를 버리기엔 그 방대한 세계가 너무 아깝다. 우리에게 맞는 게 하나 정도는 있지 않을까?

이렇게 찾은 위스키가 빕 앤 터커다. 짙은 색깔에 큼직한 둥근 병이 인상적인 빕 앤 터커는 버번위스키 브랜드로, 소규모 생산을 원칙으로 한다. 최소 6년 이상 숙성한 버번위스키의 평이 꽤 좋아서 눈여겨보던 참이었는데, 마침 주류 판매점 와인 앤모어의 추천 상품인 스토어픽에 선정된 게 아닌가. 결국 닌 폭탄을 닮은 빕 앤 터커를 사들였다.

나와 마찬가지로 히스 씨도 버번위스키에는 예민하게 반응하는 편이라 평소처럼 시원스럽게 잔을 비우지는 못했지만,

함께 마셨던 사람들은 '곡물을 한가득 담은 향'이라며 맛있어 했다. 그 외에도 발견한 몇몇 버번위스키들이 있지만, 역시나 스카치위스키만큼 목 넘김이 수월하지는 못했다.

불렛 10년은 가격에 끌려 발견한 위스키다. 바람도 쐬고 기분 전환도 할 겸 히스 씨와 오랜만에 바다낚시를 가던 날이었다. 우리는 시가도 챙기고, 위스키도 챙겼다. 바닷바람을 원 없이 쐬고, 온천욕까지 느긋하게 하며 하루를 보내고 돌아오는 길에 와인 병으로 멋지게 장식한 주류 판매점이 보였다.

'할인 행사 중'이라는 글에 마음이 편해진 우리는 천천히 상점을 둘러보기로 했다. 괜찮아 보이는 것들은 많은데 막상 살 만한 건 보이지 않아서 나가려는 참에 불렛 10년이 눈에 띄었다. 꽤 할인을 많이 해서 일본에서 구매했던 가격과 별 차이가 없었다. 주세가 무거운 우리나라에서 일본에서와 비슷한 가격이라니. 너무 괜찮은데? 그런데 우리에게는 이미 사 놓은 불렛이 있었다. 아직 뚜껑도 따지 않은 새것으로. 아쉬운 마음에 지인들에게 정보를 공유했고, 다음날에 지인들에게 잘 사서 잘 마셨다는 후일담을 전해 들었다.

우리 집에 있는 불렛 10년은 구마모토에서 산 거였다. 여행

중에 도로 가에 있던 창고형 주류점에서 딱 한 병 남아 있던 걸 사 왔는데 여태 잊고 있었다니. 우리는 그다음 주에 다시 바다낚시를 갔고, 불렛을 차에 실었다. 해안가를 달려 한산한 방파제에 자리를 잡고는 낚싯대를 최대한 멀리 던졌다.

초릿대가 멈춰 있는 걸 지켜보다가 주섬주섬 위스키를 꺼냈다. 뚜껑을 열자 버번위스키 특유의 킥이 튀어나와 정신이 번쩍 들었다. 한 모금을 입에 머금자 기대보다 진한 바닐라 향이 그윽하게 퍼졌다. 바닷가에서 마시기에 이만한 것이 없겠다 싶었다. 방파제 끝에 자리를 잡고 앉아 잔을 기울였다. 낚싯대를 보니 아무래도 오늘은 망둑어 한 마리 올라올 기미가 보이지 않았다.

챙겨 온 시가 한 대를 꺼내 불을 붙였다. 리가 프리바다 No. 9의 풍부한 향과 연기가 사방으로 퍼졌다. 위스키와 시가를 들고 바다를 바라보니 이만한 망중한이 없었다. 위스키에 시가를 곁들인 시간이 바다와 함께 흘렀다.

얼마나 시간이 지났을까. 손가락 사이 시가 길이가 꽤 줄어들었다. 나는 엄지손가락보다 짧아진 시가의 향은 좋아하지 않는다. 이제 그만 낚싯대를 접어야겠다. 낚싯대를 걷어 보니 망둑어 한 마리가 걸려 있었다. 망둑어는 우리 같은 어중이떠중이에게도 잘 잡혀 주지만 손맛은 없다. 그래도 공치지는 않았으니 땡큐. 인사와 함께 망둑어를 바다에 보내 주고는 자리를 정리했다.

호텔에 돌아와서 남겨 둔 위스키로 버번 콕을 만들어 마셨다. 그러고도 위스키가 남아서 집에 가져왔는데, 집에서 마시려니 영 기분이 나지 않아 비우는 데 한참이 걸렸다. 역시 우리는 버번위스키가 어렵다.

히스 씨와 나는 주로 버번 콕으로 버번위스키를 즐긴다. 버번위스키를 포기할 수 없는 우리가 찾아낸 나름의 방법이다. 만인의 음료인 코카콜라는 버번위스키와도 궁합이 좋다. 얼음과 콜라, 버번위스키만 있으면 준비 끝. 위스키의 향을 줄이고 싶다면 콜라의 비율을 늘리면 되고, 위스키 향이 강하길 원하면 위스키를 더 넣으면 된다. 여름에는 이만한 알코올음료가 없다.

내가 버번 콕으로 즐겨 마시는 위스키는 우드포드 리저브다. 구하기도 쉽고 콜라와 만났을 때 풍부한 향이 잘 어우러지면서 고급스러운 느낌이 들어 버번 콕으로 마시기 좋다. 보기

드문 병 모양도 마음에 든다. 일반적으로 버번 콕을 만드는 잭 다니엘보다 가격이 높은 편이지만, 버번위스키를 즐기는 나만의 방법이니까 그만한 가치는 있다.

"버번이 준비될 때까지 기다린다."라는 숙성 철학을 가진 불렛 증류소는 그들만의 전통적인 방식으로 위스키를 만든다. 불렛 위스키는 영국 주류 전문 매체인 〈드링크 인터내셔널〉의 '가장 인기 있는 아메리칸 위스키' 명단에 꾸준히 이름을 올리고 있다. 높은 호밀 함량이 특징으로 바닐라와 시나몬, 말린 과일의 스파이시함이 어우러진다. 스트레이트보다는 온더록스를 추천한다. 물론 나는 버번 콕으로 마실 때가 가장 맛있다.

1812년 설립된 우드포드 리저브 증류소는 미국 켄터키 지역에서 가장 오래되고 작은 증류소 중 하나다. 여러 소유주를 거친 후 1996년 우드포드 리저브 위스키를 출시했다. 전통적인 방법으로 세 번 증류하고, 7일간 삼나무 통에 발효한 후 자연 석회암 동굴에서 6년 이상 숙성하는 것으로 유명하다.

🥃 '잭 콕'은 '잭 콕'이다

버번 콕이라 하면 가장 많이 떠올리는 것이 잭 콕일 것이다. 잭 콕을 마시면 어릴 때 학교 앞에서 팔던 불량 식품이 떠오른다. 아침 등굣길 엄마에게 받은 동전으로 콜라 맛 사탕을 많이도 사 먹었지. 잭 콕을 마시며 콜라 맛 사탕을 먹던 어린 시절을 떠올리니 묘한 기분이 들었다.

잭 콕의 주재료인 잭 다니엘은 편의점이나 마트 등에서 쉽게 볼 수 있는 접근성이 좋은 위스키다. 버번위스키로 알고 있는 사람이 많은데, 엄밀히 말하면 잭 다니엘은 테네시 위스키다. 여과 과정이 다르기 때문. 위스키를 숙성하기 전 단풍나무 숯에 여과하는 과정을 거치는데, 이 과정에서 버번위스키보다 스파이시함은 줄어들고 특유의 풍미가 생긴다고 한다.

세계적으로도 사랑받는 잭 다니엘과 그보다 더 대중적인 코카콜라의 만남이라니, 생각만 해도 맛있을 것 같다. 내가 잭 콕을 가장 맛있게 마셨던 게 언제였더라.

기억을 더듬어 늦겨울 그 밤을 떠올렸다. 그날은 우리의 첫 번개 모임이었다. 잭 다니엘 한 병과 콜라 1.5리터, 그리고 맛있는 수제 버거. 잭 콕에 햄버거라니 참을 수 없지. 이미 배가 그득하게 채워진 상태였지만 문제없다. 그때 우리 위는 탄성이 좋았으니까.

갑작스럽게 정해진 모임이라 모이는 시간도 제각각이었다. 잭 콕과 햄버거로 시작한 모임에는 느지막이 오는 사람들 덕분에 맥주에 막걸리까지 섞였다. 캄캄한 밤 따뜻한 조명 아래 다양한 주종으로 얼큰했던 밤. 그날 마신 잭 콕은 내 인생 최고의 잭 콕으로 기억된다.

잭 콕은 재료를 구하기도 쉽고 만들어 마시기도 쉽지만, 바에서 주문해 보는 것도 좋다. 바텐더마다 레시피가 조금씩 다를 수 있기 때문. 어떤 이는 비터스를 넣어 향을 첨가하기도 하고, 레몬을 얹어 주는 경우도 있다. 취향에 따라 코카콜라가

아닌 펩시를 선호하는 바텐더도 있는데, 물어보니 그가 느끼기에 펩시가 좀 더 부드러워서라고 한다. 코카콜라가 톡톡 튀며 생동감 있는 맛이라면, 펩시는 부드럽게 균형 잡힌 맛이라나. 그러니까 추억의 불량 식품 맛을 내고 싶다면 코카콜라 대신 펩시를 써 보길.

잭 다니엘. 재스퍼 뉴튼 다니엘이 1866년 미국 테네시주에 설립한 양조장에서 탄생했다. 다니엘은 노예였던 그린에게 서아프리카에서 유래한 양조법을 배웠는데, 이는 훗날 링컨 카운티 프로세스로 자리 잡는다. 1863년 노예 해방 이후 다니엘은 양조장을 인수하고, 그린을 양조장 증류 전문가로 고용했는데, 이때 인연은 지금까지도 이어지고 있다.

일반적인 버번위스키와 제조 방법이 다름에도 아메리칸 위스키라는 점 때문에 버번위스키로 불리는 경우가 있다. 잭 다니엘에는 가장 기본적인 스탠더드형으로 잭 다니엘 올드 No.7가 있으며, 고급형인 잰틀맨 잭, 싱글 배럴, 실버 셀렉트 등이 있다.

그 놈의 페어링에 대하여

술을 즐기면서 항상 하는 고민 중 하나가 페어링이 아닐까 싶다. 페어링은 위스키의 풍미를 즐기기 위해 음식을 곁들여 먹는 것을 말한다. 쉽게 말해 술맛을 높이는 안주를 곁들이는 셈이다.

하지만 위스키는 향으로도 즐기는 술이다 보니 페어링에 신중해진다. 위스키의 향을 제대로 느끼고 싶다면 위스키를 마시기 전 공기와 잠시 만나게 하는 브리딩을 하거나 물을 몇 방울 떨어뜨려서 풍미를 돋우고 마시면 좋다. 위스키에 가장 좋은 안주는 '물'이라고 말하는 사람도 꽤 많다. 나와 히스 씨도 그렇게 생각한다. 하지만 항상 그럴 수는 없다. 때로는 맛있는 안주가 당기거나 배가 고플 때도 있으니.

어느 날 페어링을 고민하던 중 이런 생각이 들었다.

'나는 왜 위스키를 마시려고 할까?'

맛있어서, 위스키를 마실 때 자유로운 느낌이 좋아서, 좋은 사람과의 추억을 만들고 싶어서……. 위스키를 마시려는 수많은 이유를 떠올린 끝에 얻은 답은 '그냥'이었다. 위스키를 마시는 데 무슨 이유가 필요하겠나, 그냥 마시고 싶으면 마시는 거지. 또 정답이 어디 있겠는가. 브리딩을 하고 싶으면 브리딩을 하는 것이고, 함께 먹고 싶은 음식이 있으면 먹으면 그뿐인걸.

히스 씨와 나는 정해진 방식보다는 내키는 대로 위스키를 즐긴다. 치즈나 초콜릿, 견과류 같은 기본 안주 외에도 메뉴에 있는 스파게티나 스테이크, 과일 등을 주문하거나 간혹 안주가 마땅치 않은 바에서는 배달로 안주를 시켜 먹기도 한다.

알코올을 흡수하면 일시적으로 공복감이 느껴진다고 한다. 이런 배고픔을 견디면서까지 위스키의 향을 느끼겠다고 꼬르륵거리는 배를 움켜쥐며 유리잔에 코를 박을 수는 없다. 위스키 입문 초기의 히스 씨와 나처럼.

이제 우리는 위스키를 마시러 갈 때면 꼭 배를 두둑하게 채

우곤 한다. 요리 안주가 있는 곳이라면 고민하지 않고 요리를 시킨다. 피곤한 눈치 싸움은 그만두기로 했다. 마음대로 할 수 없는 것투성이인 세상에서 먹는 거라도 마음대로 먹어야겠다.

몇 년 전 일본에 있는 어느 동네의 작은 바에 갔다. 재즈에 진심이 느껴지는 인테리어가 먼저 눈에 들어왔던 그곳은 벽면과 천장에 유명 음악가들의 사인이 가득했다. 어느 곳보다 자유분방할 것 같은 그곳의 바텐더는 자신을 규슈 오토코라고 소개했다. 오토코는 일본어로 남성, 대장부라는 뜻이다. 곧이어 주문이 이어지고, 예상치 못한 한 소리가 이어졌다.

그는 히스 씨의 야마자키 하이볼 주문이 탐탁지 않았나 보다. 왜 좋은 술로 하이볼을 마시냐며 타박했다. 그러고는 자기 방식대로 하이볼을 만들어 주었다. 잔소리에 언짢아져서 반박하고 싶었는데, 이게 무슨 일이람. 그가 내준 술은 너무 맛있었다. 강하고 단순하고 거칠면서도 기본에 충실한 맛이었다. 술을 다 마셨을 때는 턱끝까지 차올랐던 불만이 쏙 들어가 버리고 말았다.

사실 나 역시 위스키 좀 마셔 봤다며 어깨에 힘을 주던 시절에는 값나가는 위스키는 무조건 니트얼음이나 다른 음료를 섞지 않고 위스키를 원액 그대로 마시는 것로 마셔야 한다는 생각에 사로잡혀 있었다. 하지만 지금 난 하이볼 러버다. 맛있고 좋은 술로 하이볼을 만들면 그만큼 더 맛있는 하이볼이 된다. 술을 풀어내는 방법에 따라 향도 달라지니 이 또한 재미있다. 이 위스키로 하이볼을 만들면 어떤 향이 날지 상상하는 것만으로도 즐거울 때가 있다.

위스키를 즐기는 사람 중 하이볼이라고 하면 눈살을 찌푸리는 이들이 있다. 여기에 고기 냄새라도 더하면 자리를 박차고 나갈지도. 하지만 세상에 똑같은 사람이 없듯이 취향도 각양 각색이 아니겠는가. 나처럼 위스키와 카차토레토마토 소스에 고기를 조려 만든 이탈리아 요리의 페어링을 좋아하는 사람도 있는걸.

난 내 소중한 사람들과 둘러앉아 좋아하는 위스키와 맛 좋은 안주들을 배불리 먹는 즐거움을 포기할 수 없다. 쉼 없이 채워지는 잔과 안주들의 향연은 더할 나위 없다. 아, 그래도 아드벡 19만큼은 니트로 마셔야지. 앞에 놓인 크래커와 고급 치즈를 참을 수 있을지 모르겠지만.

내가 좋아하는 술에 대하여

내가 주문하는 첫 잔은 대부분 진피즈나 하이볼이다. 오늘도 어제와 같은 진피즈를 주문했다. 바텐더는 셰이커에 얼음과 진을 넣고는 비터스를 한 방울 떨어뜨렸다. 그는 앞에 놓인 유리잔에 각진 얼음을 넣고, 다시 셰이커를 들었다. 셰이킹이 이어진다. 바텐더의 셰이킹은 어떤 때는 절도 있는 군무처럼, 어떤 때는 예술 공연처럼 느껴진다.

강렬했던 셰이킹이 끝나고, 음료와 탄산수를 잔에 따른다. 그런 다음 레몬 껍질을 짜서 향을 입힌다. 공기 중으로 상큼하고 싱그러운 레몬 향이 퍼져 나가는 순간, 나는 이 순간이 참 좋다. 어느새 레몬 장식으로 마무리한 진피즈가 앞에 놓였다.

시원한 탄산에 섞인 진과 레몬 향. 과정을 보면 나도 만들 수 있겠다 싶을 정도로 단순해 보인다. 하지만 단순한 게 가장 어렵다고 했던가? 내가 만들면 절대 이 맛이 나지 않는다. 설마, 나만 그런 건 아니겠지?

실제로 진피즈를 만드는 데는 여러 기본기가 필요하다고 한다. 특히 산과 당의 배합률이 중요한데 이에 따라 맛이 확확 달라진다. 쉽고 간단해 보이지만 결코 쉬운 게 아니었다. 언젠가는 내가 만들어 보고 말리라는 생각으로 밸런스에 집중하며 진피즈를 홀짝였다.

그사이 얼음이 녹아 맛이 옅어졌다. 이번에는 뭘 마실까. 하이볼을 한 잔 더 하고, 위스키를 마셔야겠다. 하이볼을 기다리며 히스 씨와 하이볼의 유래에 관해 이야기를 나눴다. 과거에는 골프장에서 술을 마시며 골프를 치는 일이 흔했는데, 어느 날 위스키에 탄산수를 섞어 마시던 사람들이 골프를 치다가 높이 친 공을 보고 "High ball!"이라고 외친 것이 그대로 술 이름이 되었다는 썰, 기차 운행 초기에 철도 역무원과 기관사가 정차할지 말지 서로 신호를 주고받기 위해 교차로에 기둥을 세우고 매단 공을 하이볼이라고 불렀는데, 여기에서 이름을 따와 기차에서 사람들이 즐겨 마시던 칵테일을 하이볼이라고 불렀다는 썰 등등. 각자 알고 있는 썰을 풀어 놓는 사이 하이볼 재료가 놓였다.

이곳, 바 '시호'에는 내가 가장 좋아하는 하이볼이 있다. 시호는 내가 하이볼을 처음 마셔 본 곳이기도 하다. 첫인상이 중요한 것은 분야를 가리지 않나 보다. 그날 시호에서 마신 하이볼이 너무 맛있어서 계속 찾게 되었으니 말이다.

냉각한 얇은 유리잔에 적당량의 위스키를 따르고 정사각형 얼음을 하나 넣고 짓는다. 그러고는 담겨 있는 얼음을 꺼내고 새로운 얼음 두 개를 넣고 탄산수를 따랐다. 얼음을 가볍게 들어 올렸다가 내리고 이어지는 스터. 스터는 술과 재료를 섞는 행위로, 재료들을 부드럽게 섞고 칵테일을 차갑게 만드는 칵테일 기법이다.

라프로익 하이볼이 완성됐다. 하이볼을 한 모금 입에 머금었다. 역시 밸런스가 좋다. 부드럽게 퍼져 나간 라프로익 특유의 피트 향이 코와 입을 감싼다. 탄산과 얼음 때문일까. 아니, 이건 좋은 재료와 위스키의 풍미를 한껏 끌어올린 바텐더의 실력이다.

집에서 가까운 위스키 바를 갈 때도 있다. 집 근처 단골 바역시 하이볼 맛이 좋다. 다음 잔은 뭘 마실까. 뭐가 맛있을까. 하이볼을 마시며 벽장 가득 채워진 술들을 훑어본다. 한참 술장을 보다가 바 테이블 모서리에 모여 있는 술병으로 시선을 옮겼다. 저건 뭐지? 처음 보는 위스키다. 라벨의 일러스트가 눈길을 끈다. 독병 같은데……. 버번위스키라 망설여지지만, 바텐더가 맛이 좋다니 한잔해 봐야겠다. 음, 기대했던 것보다 좋다. 옆에 놓인 다른 술도 궁금해졌다. 같은 브랜드의 하이랜드 싱글 몰트위스키다. 역시나 라벨이 독특하다. 음, 괜찮네. 하지만 좀 전에 맛본 위스키가 더 좋다.

사장님이 직접 만든 달달한 치즈와 크래커를 내놓았다. 술한 모금, 안주 한 입. 이어지는 미주알고주알 이야기들. 잔이늘어날수록 말도 많아진다.

앞에 고숙성의 피티드 위스키 한 잔이 놓였다. 방금 마신 위스키 향이 부족했다는 걸 아는 걸까. 입안 가득 꽉 찬 향이 밀려 들어온다. 취기가 오르는 것 같다. 이제 마지막으로 한 잔만더 해야지. 뭘 마실까? 라거 맥주를 한잔하고 싶은데, 섞어 마시면 다음 날 숙취가 걱정된다. 어쩌지. 뭘 고민해. 마시고 싶으면 마시는 거지. 난 호기롭게 라거를 주문했다.

라거 한 병을 마시는 내게 히스 씨가 와인 한 잔을 내밀었다. 하지만 다음 날을 생각해서 잔을 미뤘다. 섞어 마시는 것도 불안한데, 게다가 와인이라니. 여기에 와인까지 더하면 어찌 될지 생각만으로도 아찔하다.

돌아오는 길에 히스 씨가 무슨 얘기를 그렇게 재미나게 했냐며 그제야 궁금해한다. 해뜨기 직전까지 주저리주저리 떠들던 나의 기억 속을 헤집어 본다. 내가 무슨 얘기를 했더라. 단어 몇 개가 떠오르는데 이어지지가 않네. 대충 인생 얘기를 했다고 둘러댔다.

좋아하는 술, 좋은 술에 정답은 없다. 저마다 입맛이 다르고, 체질이 다르고, 그날그날의 컨디션이 다르다. 그래서 난 바에 가는 걸 즐긴다. 수많은 종류의 술을 그때그때 마시고 싶고 당기는 대로 마시는 게 좋다. 그러면서 내게 맞는 술, 좋아하는 술을 알아가는 게 재미있다. 거기에 즐거운 수다까지. 비록 훗날 대화 내용이 기억나지 않더라도, 그게 뭐 중요한가. 그 순간이 즐거웠으면 됐지.

혀니 씨를 위스키의 세계로

아침잠이 많은 내가 알람이 울리기가 무섭게 일어나는 날이 있다. 소풍을 기다리는 어린아이가 된 것처럼 마음에 살랑살랑 바람이 불어오는 날. 이런 날은 일하는 시간도 빨리 간다. 퇴근 시간이 가까워질수록 발끝부터 서서히 즐거운 기분이 차오른다. 드디어 퇴근! 집에 들러 며칠 전부터 신중하게 골라 둔 위스키를 챙겼다. 이미 위스키를 몇 잔 마신 것처럼 잔뜩 신이 났다. 좋아하는 사람을 만나러 가는 길, 오늘은 혀니 씨를 만나는 날이다.

잔잔하면서도 엉뚱한 혀니 씨는 한강에서 수상 스키를 배우면서 알게 되었다. 그리고 혀니 씨는 술을 좋아한다. 취미가 같은 것도 모자라 술까지 좋아한다니. 우린 친해질 운명임이 틀림없었다.

혀니 씨는 위스키를 몇 번 마셔 봤지만, 그다지 기억에 남는 건 없었다고 했다. 좋았어, 내가 위스키의 세계로 이끌어 주지. 위스키 마니아에게 누군가를 위스키에 입문시키는 일은 언제나 즐겁다. 우리는 내가 가져간 싱글 몰트위스키를 콜키지하기로 했다. 콜키지는 와인 마개인 '코르크'와 요금을 뜻하는 '차지'의 합성어로, 외부에서 가져온 술을 식당에서 마실 때 식당에 내는 요금을 말한다. 혀니 씨에게 소개할 술은 '글렌스코샤 18년'으로 나름 어렵게 구한 위스키였다. 어서 빨리 이 좋은 걸 혀니 씨에게 맛보이고 싶다.

빠른 걸음으로 식당 앞에 들어서니 저 멀리 혀니 씨가 보였다. 일주일 전에도 만났지만 우린 몇 년 만에 만난 사이처럼 두 손을 마주 잡고 흔들며 인사를 나누었다. 이날 모임 장소는 횟집이었다. 얼마 전 혀니 씨가 회를 먹고 싶다고 해서 결정한 곳으로 히스 씨가 가끔 오는 맛집이었다.

예약할 때 위스키 세팅을 부탁했는데 아쉽게도 온더록스 잔이랑 샷 잔이 준비되어 있었다. 온더록스는 위스키를 차갑게 즐길 때 얼음을 넣어 마시는 방식으로 대부분 넓고 짧은 유리잔에 마신다. 샷 잔은 스트레이트로 마실 때 사용하는 작은 잔으로 둘 다 오늘 내가 가져온 위스키와는 맞지 않았다. 나는 왜 일식집에 당연히 글렌케런 글라스가 있을 거라고 생각한 걸까. 46도의 싱글 몰트를 준비해 온 히스 씨와 나는 난감했다. 뭔가 방법이 있겠지. 일단 자리에 앉자. 마음을 다독이며 우리는 자리를 잡았다.

애피타이저로 얇은 숭어회가 나왔다. 나는 기다렸다는 듯 위스키 뚜껑을 땄다. 그리고 샷 잔에 쪼르륵— 조심히 따랐다. 방 안 가득 달달한 향이 퍼졌다. 혀니 씨가 향이 좋다고 말하며 위스키를 들었다. 짠! 셋의 술잔이 부딪치고, 히스 씨와 나는 위스키를 한 모금 마시고 내려놨다. 그런데 혀니 씨는 샷 잔에 가득 따른 위스키를 꿀떡 하고 넘겨 버렸다. 히스 씨와 나는 당황했지만 똑같이 잔을 들어 위스키를 그대로 입안에 털어 넣었다. 크으……. 46도의 위스키가 목구멍을 뜨끈하게 데우며 단번에 얼굴까지 열이 올랐다. 아마도 지금 내 정수리에서 위스키 향이 나지 않을까?

곧이어 다음 코스가 들어왔다. 직원이 방 안에 가득한 향이 너무 좋다고 하길래 직원에게 위스키를 권했다. 나도 참 주책이다. 그냥 인사말이었을 수도 있는데. 하지만 그 직원은 흔쾌히 잔을 받았고, 그렇게 다 같이 두 번째 원 샷을 하고는 또다시 잔을 채웠다.

다음 잔만큼은 입안에서 술을 굴리며 위스키의 향과 풍미를 느끼려 했지만, 어느새 위스키가 스르륵 목구멍 뒤로 흘러가 버렸다. 아니, 술맛 좀 느끼려는데 왜 이렇게 빨리 사라지는 거야. 나중에 생각해 보니 잔이 문제였다. 샷 잔은 말 그대로 한 번에 넘기기 좋게 만들어진 잔이다. 그리고 우린 그걸 너무나 잘 알았다. 그래서 샷 잔에 담긴 위스키를 털어 넣으며 자연스럽게 고개를 꺾었던 것이다. 각 주종에 맞는 잔이 괜히 생긴 것이 아니라는 걸 몸소 깨닫는 순간이었다.

짠! 짠! 짠! 내가 가져간 싱글 몰트위스키는 그 자리에서 바닥이 났다. 취한 혀니 씨는 마지막으로 새싹 삼을 가져다준 직원에게 술병을 탈탈 털어서 위스키를 따라 주고는 또다시 짠을 외쳤다.

식당을 나온 우리는 빨갛게 달아오른 얼굴로 인사를 나누고 헤어졌다. 혀니 씨의 위스키 입문은 성공한 것일까. 그러기엔 시작이 너무나 화끈했나……. 오늘의 열기가 식어 갈 즈음 다시 혀니 씨에게 위스키를 권해 봐야겠다. 그때는 위스키의 매력을 천천히 음미할 수 있도록 위스키 잔이 있는 조용한 바에 가야지.

1832년 설립된 글렌스코샤 증류소는 스코틀랜드 서쪽 해안, 한때 '세계의 위스키 수도'로 불리며 위스키 산업이 번성했던 캠벨타운에 있다. 글렌스코샤 18년은 이 증류소의 대표 제품으로, 버번 캐스크에서 숙성 후 올로로소 셰리 캐스크에서 추가 숙성하는 과정을 거친다. 특유의 스파이시와 소금 향이 그대로 올로로소 셰리 캐스크의 화려한 향에 더해졌다. 과일 향과 소금 향의 밸런스가 일품이다.

주문하지 않은 폭탄주가 내게로 왔다

 난 변화를 즐기지 않는다. 가는 곳은 항상 정해져 있고, 새로운 경험을 하고 싶은 변덕은 일 년에 대여섯 번이면 족하다. 나이가 든 걸까, 새로운 걸 보면 도전 의식보다는 겁부터 난다. 그래서 여행을 가도 익숙한 나라, 거기에서도 한 번이라도 갔던 곳에 가려고 한다. 하지만 간혹 변덕을 부릴 때가 있는데 구마모토를 여행했던 그때가 그랬다.

 구마모토는 갈 때마다 잔잔하고도 포근한 인정이 넘치는 시골 풍경이 떠오르는 곳이다. 맛있는 소고기와 바다 온천, 도미회, 목장 우유 등 가는 곳마다 눈과 입이 즐거운 곳.

 여행의 마지막 날, 멋진 자연 경관과 맛있는 특산물로 배를 채운 히스 씨와 나는 구마모토의 마지막 밤을 장식해 줄 술집을 찾아봤다. 주변에 있는 바를 검색해 보니 근처에 굉장히 유명한 바가 하나 있었다. 무려 50년 이상 운영한 곳으로 여러 도시에 분점도 있다고 한다. 그래, 너로 정했다.

지하에 있는 바는 넓지는 않았지만 조명이나 장식이 화려했고, 바를 상징하는 여왕벌 장식이 인상적이었다. 기다란 바 테이블과 뒤쪽에 둥근 테이블이 하나 있었고, 네다섯 명 정도 손님이 앉아 있었다. 우리는 바 테이블 끝자리로 안내를 받았다. 대부분의 손님이 단골인 듯 사장님과 친근하게 담소를 나누고 있었다.

불편해 보이는 걸음걸이로 우리를 안내한 사장님은 힘 있는 목소리로 인사를 건넸다. 어디서 왔는지, 다른 바는 어딜 다녀왔는지 등의 흔한 질문이 오갔고, 우리는 진피즈 두 잔을 주문했다. 곧이어 사장님은 옛날 방식과 요즘 방식 중에 어떤 걸 마시고 싶으냐고 물었다. 오, 진피즈를 만드는 방법에도 구식과 신식이 있는 건가? 우리는 둘 다 옛날 방식을 택했다.

대답이 끝나기 무섭게 사장님의 절도 있는 하드 셰이킹이 시작되었다. 군인 출신인가. 저 박력과 속도는 뭐람. 강렬한 셰

이킹이 끝나고 음료가 나왔다. 마지막 올린 귀여운 체리를 끝으로 진피즈가 완성되었다. 옛날 방식이라 그런지, 레몬을 짜는 도구가 옛날 것이었고, 마셨을 때 설탕 같은 자잘한 덩어리가 느껴졌다. 깔끔하면서도 러프한 느낌이 맛있었다. 언젠가 후쿠오카에 있는 LP판이 가득했던 바의 사장님이 만든 것과 비슷한 것 같기도? 아니다, 그보다는 좀 더 클래식하다.

우리는 다음 주문을 고민하면서 위스키 얘기를 꺼냈다. 피티드를 좋아한다고 하니, 사장님은 갑자기 아드벡 10년을 위스키 잔이 아닌 샷 잔에 따랐다. 참고로 나는 아드벡 10년을 별로 좋아하지 않는다. 마셔도 하이볼로 마실 텐데, 그것도 샷 잔이라니 당황스러웠다.

그렇게 석 잔을 따른 사장님은 나에게 마셔 보라고 했다. 노련한 사장님의 말솜씨에 홀라당 넘어간 나는 아드벡 10년을 입에 털어 넣었다. 크……. 잔을 내려놓으니 갑자기 스푼으로 잔 옆을 한 번 친다. 다시 마셔 보란다. 그래서 다시 한 모금을 넘겼다. 그러더니 맛이 달라지지 않았냐고 물었다. 달라지긴 뭐가 달라져, 똑같구먼. 어이가 없었지만, 내 대답은 '그렇다'였다. 왜 그때 솔직하게 말하지 못했을까? 아마 또다시 같은 자리에 간다고 해도 난 그렇다고 답할 것이다. 그 사장님에게는 무려 50년 동안 갈고 닦은 사람을 홀리는 재주가 있으니까.

그렇게 몇 잔을 마시고 있는데, 이번에는 맥주가 등장했다. 사장님은 우리에게 물어보지도 않고 맥주를 따서 잔에 따랐다. 그런 다음 잔에 있던 위스키를 부었다. 그러니까 주문하지 않은 폭탄주가 완성된 것이다.

보일러 메이커라는 말이 있다. 일명 폭탄주로, 맥주와 위스키를 섞어 마시는 칵테일을 말한다. 방금 눈앞에서 우리를 위한 보일러 메이커가 만들어졌다. 기네스에 아드벡 10년을 섞어 만든 폭탄주는 생각보다 맛있었고, 우리는 정신없이 홀짝이기에 바빴다.

이렇게 몇 잔을 마셨더라, 우리는 주문하지도 않은 잔들을 모두 계산하고 말았다. 아, 물론 마시긴 했다. 그것도 맛있게. 그야말로 노련한 상술에 당하고 만 것이다. 이렇게 바보 같을 수가! 하지만 그때 마신 폭탄주는 지금까지 맛본 보일러 메이커 중 단연 최고였다.

아드벡 10년. 아드벡 증류소의 대표적인 제품으로 피티드 위스키 입문자에게 적합하다. 버번 캐스크에서만 숙성하며, 강인하면서도 균형 잡힌 맛을 느낄 수 있다. 강렬한 피트와 훈연 향이 특징이다.

🥃 위스키와 시가의 페어링

시가는 담뱃잎을 썰지 않고 통째로 돌돌 말아 만든 담배를 말한다. 위스키와 시가의 페어링이라니, 이 얼마나 허세 가득한 일인가. 그럼에도, 아니 그러니까 우리도 해 봐야겠다. 왜냐고? 궁금하니까.

처음 시가를 산 건 면세점에서였다. 직원과의 상담 끝에 입문자용을 추천받아 샀다. 첫 시가의 인상은 뭐랄까, 지푸라기를 태우는 느낌? 그래도 좋았다. 아마도 히스 씨와 나는 시가를 피우고 있다는 그 상황에 취해 있었던 것 같다.

그러다가 위스키 커뮤니티에서 시가 고수를 알게 되었다. 당시 위스키에 푹 빠져 있던 히스 씨는 커뮤니티 활동을 꽤 열심히 했는데 커뮤니티에서 만난 사람 중 몇몇은 오프라인 친구로 발전하기도 했다. 평소 히스 씨의 성격을 생각하면 놀라울 따름이다.

우리에게 시가를 알려 준 시가 고수 역시 그렇게 만났다. 아, 온라인 공간에서. 아직 오프라인 공간에서는 만난 적이 없다. 그는 위스키만큼이나 다양한 시가의 세계에서 어디로 가야 할지 모르는 우리에게 시가를 보내 줬다. 그러면서 보내 준 시가의 향과 즐기는 방법 등을 친절하게 설명하고, 위스키와의 페어링도 알려 주었다. 일면식도 없는 우리에게 이렇게까지 해주다니. 세상에는 참 좋은 사람이 많다. 우리는 그와 시가를 태운 후일담을 공유하고, 위스키를 보내 감사의 마음을 표현하기도 했다. 뜻밖의 길잡이 덕분에 시가의 맛을 알아 버린 우리는 얼마 지나지 않아 다비도프, 코히바, 리가 프리바다, 오푸스 X 등 고급 라인에 맛을 들이고 말았다.

난 시가와 위스키의 페어링을 좋아한다. 처음에는 그 분위기를 즐기는 것이 마냥 좋았고, 그다음에는 시가의 향이 좋았다. 시가는 태우는 과정에 향이 바뀐다. 태우는 시간도 제품마다 다르고, 향도 가지각색이다. 나는 처음과 중간, 마지막 부분으로 나누어 향을 음미하곤 한다. 예측 불허의 향과 마주하는 조용한 도전이 재미있다. 큰 변화는 싫어하지만 지루한 것도 싫어하는 내게 딱 맞는 기호 식품이다.

나는 시가 끝부분은 잘 안 피운다. 마지막까지 향이 부드럽고 변화가 적은 것들은 손가락 한두 마디 정도 남을 때까지 태우지만, 마음에 들지 않을 때는 반도 안 되어서 그만둘 때도 있다. 내가 원할 때 멈추면 그뿐, 정답 같은 건 없으니까.

사실 스카치위스키와 시가의 궁합은 그리 좋다고 할 수 없다. 시가는 주로 럼과 페어링을 하고, 맥주나 탄산음료와도 즐기는 경우가 있는데, 순서를 매기자면 위스키는 거의 마지막일 것이다. 특히나 싱글 몰트나 캐스크 스트렝스의 경우 시가와의 매운 맛이 충돌한다고 느낄 수 있다. 반면, 버번위스키의 바닐라 향과는 궁합이 나쁘지 않다.

처음 시가를 접하는 사람이라면, 국민 시가로 불리는 올리바 V 시리즈를 추천한다. 올리바 V 시리즈는 복잡하면서도 깊이 있는 향으로 유명하다. 무엇이든 첫인상이 중요하다고 하지 않았나. 우리처럼 지푸라기 향만 나는 것을 피운다면 시가의 참 매력을 느끼기 전에 그만둘 수도 있다.

술과 페어링이 좋은 몇몇 시가 제품들이 있다. 그 예로 시가 브랜드인 몸바초에서 디플로마티코 럼과 합작하여 출시한 시가가 있다. 몸바초에서 시가를 만드는 마스터 블렌더가 디플로마티코 럼을 연구해서 만든 시가로, 디플로마티코 럼 맞춤형 시가라 할 수 있다. 그러니 페어링이 좋을 수밖에.

우리는 운 좋게 시가 고수를 통해 이 귀한 시가를 받았다. 시가를 태우며 다른 위스키도 마셔 봤는데, 디플로마티코 럼과 마실 때 가장 잘 어울렸다. 부드러우면서도 풍미가 풍부하게 느껴진달까? 나중에는 시가만 태워 보기도 했는데, 럼과 페어링했을 때만큼 만족스럽진 않았다. 역시 둘은 함께해야 제대로 된 향을 낼 수 있는 것 같다. 위스키 중에도 달모어 시가 몰트 등 시가에 어울리도록 만들어진 다양한 제품들이 있다.

오늘은 선물로 받은 프로메테우스의 프리미엄 시가 '갓 오브 파이어 세리에 B'를 꺼내 들었다. 갓 오브 파이어 세리에 B는 여러 차례 숙성 기간을 거쳐 만든 정성이 가득한 시가다. 라벨부터 강렬하다. 불을 훔친 프로메테우스가 독수리에게 간을 쪼이는 장면이 담겨 있다. 소중한 간을 쪼이다니. 안타깝군. 시가 라벨을 구경하며 위스키도 한 잔 따랐다. 올로로소 캐스크에서 숙성한 아카시 위스키〔아카시 지역에서 생산한 위스키〕인데, 페어링을 기대하긴 어려울 것 같다. 그냥 각각 즐겨야지.

불을 붙이고 천천히 시가를 음미했다. 고소한 향이 퍼지고, 중간에 과일 시럽이 툭 튀어나왔다가 은은하게 지나간다. 코코아, 과일, 시트러스, 아몬드……. 또 뭐가 들어간 거지? 무척이나 다양한 향이 굉장히 섬세하게 짜여 있다. 어느 하나 충돌하지 않고 조화를 이루는데, 거친 매력이 느껴지는 외관과 달리 피울수록 예쁘다는 생각이 들었다.

여기에 더 잘 어울리는 술이 없을까 고민하다가 얼마 전 나눔 받은 프라팡 시가 블렌디드가 생각났다. 프라팡 시가 블렌디드는 최고급 브랜드인 프라팡에서 생산하는 코냑으로, 시가와 잘 어울리는 것으로 유명하다. 이름에도 시가가 들어가지 않은가. 나눔 받은 것이라 양이 별로 없어서 한 방울도 떨어뜨리지 않으려 조심히 잔에 따라 페어링을 했다.

와, 이렇게 잘 어울리다니. 천생연분인가. 시가 블렌디드가 왜 있는지 알 것 같다. 어느 때보다 빨리 태워진 시가와 빨리 비워진 잔. 마지막까지 부드러운 향이 아쉬운 마음에 퍼져 나갔다.

내게 가장 좋아하는 시가가 무엇이냐 묻는다면 고민 없이 '다비도프'라 말할 것이다. 그 풍미에 부드러움과 우아함은 하루를 아름답게 마무리하기에 최적이기 때문. 고단한 하루를 향으로 위로하고 싶은 이가 있다면, 다비도프를 경험해 보라고 권하고 싶다.

디플로마티코 럼은 베네수엘라를 기반으로 한 프리미엄 럼 브랜드로, 대부분의 술을 전통적인 방식으로 만든다. 베네수엘라는 다른 나라보다 럼 법규가 까다로워서 좋은 럼이 나올 수밖에 없다고 한다. 그중에서도 내가 마신 디플로마티코 리제르바 익스클루시바는 세계에서 가장 인기 있는 럼 중 하나로 꼽힌다. 몸바초는 니카라과의 프리미엄 시가 브랜드로, '몸바초'라는 이름은 니카라과의 화산에서 딴 이름이다. 100퍼센트 수제 제작으로 대량 생산보다는 고품질 소량 생산을 추구한다.

5장

끝나지 않은 이야기

유니 씨의 결혼

사랑을 찾아 고군분투하던 유니 씨가 어느 날부터 연락이 뜸해지더니, 통화를 하는 것조차도 힘들어졌다. 일을 하거나 국궁장에 있을 때가 아니면 어김없이 통화음이 두세 번 울리기 전에 연결되던 그가 부재중 전화를 남겼음에도 이틀 동안 연락이 되지 않았다.

우리의 형제에게 무슨 일이 생긴 건 아닌지 히스 씨와 나는 걱정이 되기 시작했다. 사실 매일 보는 사이는 아니고, 평소에도 한 달에 두세 번 연락할까 말까 하지만 이런 식으로 연락이 되지 않은 적은 없었단 말이다.

하지만 무소식이 희소식이라 했던가. 이틀 뒤 유니 씨의 들뜬 목소리가 휴대폰 너머로 들려왔다. 그리고 직감했다. 아, 이 인간이 드디어 연애를 시작했구나. 사랑놀음에 정신이 없었구나. 헛웃음이 나왔다.

알고 보니 유니 씨는 국제 연애를 하고 있었다. 바다 건너 일본에 있는 그녀와 연애하느라 우리에게 연락할 정신 따위는 안드로메다은하로 날려 버렸던 것이다. 사랑에 빠진 유니 씨는 비행기표를 끊기 위해 일을 더 늘렸고, 돈이 모이면 곧바로 그녀에게 날아갔다.

다음 달에도, 그다음 달에도 유니 씨는 일본에 갔다. 코로나19로 출국이 힘들 때조차 그는 어떻게든 사랑을 찾아 날아갔다. 한번은 시간이 안 맞아 공항에서 날밤을 지새웠다고 한다. 미쳤구나. 하긴, 그래야 사랑이지. 그래야 유니 씨지.

그로부터 몇 달 후 유니 씨는 결혼 소식을 알렸고, 종로에 있는 오래된 성당에서 소박한 결혼식을 올렸다. 우리는 혼이 쏙 빠진 얼굴로 서 있는 유니 씨에게 축하 인사를 건네며 어깨를 툭툭 쳤다.

"축하해. 그리고 정신 챙겨."

얼마 후 신혼여행을 다녀온 유니 씨와 오쿠 상의 피로연에 갔다. 장소는 오쿠 상이 좋아하는 육회가 맛있는 식당이었다. 위스키 콜키지가 가능해서 히스 씨와 가끔 오던 곳으로 아롱사태와 육회가 맛있었다. 그뿐 아니라 육전과 고기가 가득 들어 있는 라면은 술안주로 더할 나위가 없다.

바 테이블로 이어진 가게 내부는 아늑하면서도 정갈한 분위기를 풍겼다. 우리는 'ㄱ'자로 꺾인 자리로 안내받았고, 히스 씨는 준비해 온 위스키를 꺼냈다.

육회를 먼저 주문하고, 위스키를 따랐다. 글렌 그란트 1994의 달콤한 향이 기분 좋게 퍼졌다. 유니 씨와 오쿠 상의 이야기가 시작되었다. 우선 신혼여행은 하와이로 다녀왔다고 한다. 언젠가 오쿠 상이 신혼여행으로 하와이에 가고 싶다고 말한 걸 기억하고 하와이에 간 거라나? 유니 씨, 로맨티시스트였군. 신혼여행에서의 시시콜콜한 이야기가 이어졌다. 호텔 뷰는 생각보다 별로였고, 울프강 스테이크는 맛있었고, 날씨는 어땠으며, 하와이의 바다 색깔은 어떻고……. 사진을 보여 주며 자랑을 늘어놓던 유니 씨는 결국 가장 먼저 취해 버렸다.

나도 취했다. 내가 지금 무슨 말을 하고 있는지도 파악이 안

되는 상태로 입을 놀렸다. 하지만 모두가 그런 상태인지 웃음
이 끊이질 않았다. 그래, 내용이 뭐가 중요하겠어. 같이 있는
게 중요한 거지. 마지막에 주문한 라면을 인당 하나씩 주문해
놓고 정신 줄을 놓아 버린 우리는 더 이상 앉아 있을 수 없어
그대로 계산한 뒤 가게를 나왔다.

그리고 헤어졌어야 했는데, 뭐가 그렇게 신이 났는지 2차를
가고 말았다. 그것도 우리가 애정하는 단골집으로. 차라리 정
신을 아예 놓아야 했는데. 다행히 그곳의 사장님은 만취한 우
리를 이해해 주셨다. 하지만 같은 멤버로는 다시 못 갈 것 같
다. 몇 없는 내 단골집을 잃을 수는 없으니까.

글렌 그란트 1994. 스코틀랜드 스페이사이드에 있는
글렌 그란트 증류소에서 만든 위스키로, 입에 머금으면
과일 향이 부드럽게 퍼진다. 바닐라 향과 견과류의 고소
한 향도 적당한 무게감으로 느껴진다. 우아함이 느껴지
는 위스키로 육회와 육전과도 잘 어울렸다.

추운 겨울에는 집에서 영화 보는 걸 좋아한다. 편안한 집 안에서 영화를 보며 기울이는 위스키 한잔. 상상만 해도 몸이 따뜻해진다. 오늘은 뭘 볼까. 한참 리모컨을 눌렀다. 고심 끝에 영화를 정하고, 술 장으로 향했다. 이 영화에는 어떤 위스키가 어울릴까. 글렌피딕 15년 DE에 시선이 멈췄다. 글렌피딕은 기분 좋아지는 술이다. 위스키를 잘 모르는 사람이어도 한 번쯤 들어봤을 만큼 대중적인 제품이며 무난한 맛으로 호불호가 별로 없다.

1920년 미국의 금주법 시대에 글렌피딕 증류소는 오히려 증류기를 추가 구매하고 설비를 늘렸다고 한다. 덕분에 금주법

이 폐지되고 싱글 몰트위스키의 인기가 높아지자 낮은 품질에도 가격을 올리는 다른 위스키들과 달리, 고품질의 저렴한 가격을 유지할 수 있었다. 맛도 좋은데 가격까지 착하다니, 당연한 결과로 글렌피딕의 위스키 시장 점유율은 크게 늘었다.

또한 글렌피딕은 캐스크를 다른 증류소에 팔지 않는 것으로도 유명하다. 독병을 즐겨 찾는 나로서는 아쉽지만, 한편으로는 역사와 신념을 지켜 내는 모습이 멋지다.

글렌피딕에 독병이 없다는 아쉬움을 달래 주는 유일한 술이 글렌피딕 15년 DE다. 글렌피딕에서 나오는 일반적인 위스키보다 도수가 높고, 만드는 방식도 달라서 좀 더 묵직하고 강렬한 맛을 느낄 수 있기 때문이다. 난 글렌피딕 15년 DE를 잔에 따르고 시간이 조금 지난 뒤에 올라오는 사과 향을 아주 좋아한다.

글렌피딕은 하이볼로 마셔도 좋은 위스키다. 불현듯 히스 씨의 생일에 마신 글렌피딕 21년 그랑 리제르바 하이볼이 떠오른다.

그날은 아침부터 마음이 안 좋았다. 일찍 일어나 히스 씨를 위해 미역국을 끓이고 나왔지만, 바쁜 일정으로 늦은 저녁이 되어서야 만날 수 있는 상황이었기에 미안한 마음이 컸다. 챗바퀴처럼 굴러가는 일상에서 흑백 영화 속 주인공처럼 생기 없이 지내던 내게 빨주노초파남보 무지갯빛 날들이 다가올 거라고 말해 준 히스 씨. 그는 내게 해가 없어도 무지개를 그려 낼 것 같은 사람이었다. 퇴근 후 그와의 시간은 온전한 나를 찾는 시간이었고, 그와 마시는 한 잔의 술은 참 맛있었다.

늦은 저녁, 배고픈 걸 못 참는 히스 씨를 위해 우리는 만나자마자 그가 좋아하는 식당으로 향했다. 배부르게 먹고 난 후 그대로 끝내기가 아쉬워 자주 가던 칵테일 바에 들러 탈리스 커 하이볼을 주문했다. 평소 차분하면서도 친숙한 분위기가 좋아서 즐겨 가는 곳이었지만, 그날따라 축 가라앉은 분위기가 영 마음에 들지 않았다. 생일 축하를 하기엔 너무 기분이 처졌다. 그는 무덤덤해 보였지만 나는 그렇지 않았다. 사랑하는 사람의 생일을 모른 척하는 듯한 공기는 참을 수 없다! 나는 히스 씨를 끌고 나와 택시를 잡아탔다. 나와 함께 그의 생일을 축하해 줄 곳을 찾아.

조금 먼 길을 돌아 찾아간 바 문을 열었다. 아는 얼굴과 조금 아는 얼굴, 모르는 얼굴이 뒤섞인 곳. 공간을 가득 채운 음악 소리에 목소리는 들리지 않지만 밝은 에너지로 절로 흥이 나는 곳. 그곳에 들어가자 히스 씨에게 축하가 쏟아졌다. 왠지 모를 서운함이 눈 녹듯 사라졌다.

넉살 좋은 바텐더는 칵테일 주문에는 장식이 한껏 올려진 특별한 칵테일을, 위스키 주문에는 추억이 될 만한 멋진 위스키를 만들어 주었다. 직원들은 바쁜 와중에도 생일을 축하하며 우리와 잔을 부딪쳤다. 그가 좋아하는 모습을 보니 손을 잡아끌고 온 보람이 있었다. 즐거웠다. 기분이 좋아진 히스 씨는 잠시 고민하더니, 오늘이 아니면 언제 마셔 보겠냐며 글렌피딕 21년을 하이볼로 주문했다.

그날 마신 글렌피딕 하이볼의 맛은 행복이었다. 한껏 풍미가 올라온 하이볼은 럼 캐스크의 과일 향이 청량하게 느껴졌다. 여기에 과하지 않으면서도 즐거움을 주는 리액션까지. 행복이 별건가, 이런 게 행복이지. 나에게 글렌피딕 21년 그랑 리제르바 하이볼은 행복의 맛으로 기억된다.

글렌피딕. 스코틀랜드의 대표적인 싱글 몰트위스키 브랜드로, 사슴 모양의 로고에서 알 수 있듯이 '사슴의 계곡'을 뜻한다. 스페이사이드 지역에 있는 글렌피딕 증류소는 윌리엄 그랜트가 아홉 명의 자녀와 시작한 이래 가족 기업으로 운영되고 있다.

그날 나와 히스 씨가 마신 글렌피딕 21년 그랑 리제르바는 글렌피딕의 다양한 라인 중 프리미엄 라인에 속하는 제품으로, 버번 캐스크에서 21년 숙성 후 럼 캐스크에 추가 숙성하여 만든다.

아빠와 위스키

몇 년 전 히스 씨가 보모어 다키스트 15년을 구해 왔다. 보모어는 아일레이 위스키 중에서 가장 균형 잡힌 싱글 몰트로 평가받는 위스키로, 내가 무척 좋아하는 브랜드이기도 하다. 어디서 이렇게 좋은 술을 구해왔담. 기특한 마음에 칭찬을 준비하고 있는데, 히스 씨가 대뜸 유성 온천에 가자고 했다. 당시 온천에 가고 싶다고 노래 부르던 내 바람을 생일 여행으로 계획한 모양이었다. 나는 보모어 다키스트 15년을 품에 안고 "좋은 날엔 좋은 술과 함께!"를 외치며 신나게 짐을 챙겼다.

우리는 생일 전날 저녁에 출발해 온천을 즐기고, 생일을 맞이했다. 생일 축하 인사를 받고 부리나케 달려간 곳은 성심당

골목. 생일 케이크를 사야 한다며 대전에서 가장 유명한 성심당을 데려간 것이다. 나는 당시 가장 인기가 많았던 귤 케이크를 골랐고, 두 손 무겁게 빵을 들고 성심당을 나왔다.

저녁 시간에 맞춰 서울에 도착한 우리는 예약한 식당에 갔다. 역시나 콜키지가 가능한 곳이었다. 곧이어 음식이 나왔고 히스 씨는 케이크를 탁자 위로 올렸다. 직원이 생일이냐고 묻길래 그렇다고 하자 그릇보다 조금 큰 구름 모양의 전통 소반에 미역국을 가져다주었다. 세상에나. 센스 무엇. 사진을 찍지 않을 수가 없네! 고기를 굽기 전에 위스키 뚜껑을 땄다. 언젠가 바에서 맛을 보고는 너무 맛있다며 호들갑을 떨자 히스 씨가 어렵게 구해 온 보모어 다키스트 15년이다. 어쩜 이렇게나 상냥한 내 편이란 말인가.

보모어 다키스트 15년은 셰리 피트의 향미를 갖고 있는 맛 좋은 술이다. 위스키에서 다키스트는 진한 색과 풍미를 지닌 위스키를 뜻한다. 보모어 다키스트 15년은 여전히 애호가들이 찾는 술이자 구하는 것이 쉽지 않은 귀한 술로, 보모어 라인업 중에서도 훌륭한 밸런스를 자랑한다. 다키스트라는 이름에 걸맞은 강렬한 피니시까지 어느 것 하나 놓치고 싶지 않다. 사랑하는 이와 맛 좋은 술과 맛있는 음식, 달콤새콤한 귤이 잔뜩 들어 있는 예쁜 케이크에 미역국까지. 이보다 더 완벽할 수 있을까.

귤 케이크처럼 달콤했던 생일에 마시고 남은 보모어 다키스트 15년은 집으로 고이 모셔 와 술 장에 넣었다. 기분 좋은 날 마셔야지.

얼마 후 아빠가 집에 오셨다. 내가 술을 좋아하는 건 아빠를 닮은 걸까. 아빠도 나처럼 술을 좋아하신다. 그래서 본가에 갈 때는 위스키 한 병을 꼭 챙기곤 한다. 참새가 방앗간을 그냥 지나치지 못하듯 아빠는 우리 집에 오면 한참을 술 장 앞에 서 있다. 그날도 그랬다. 하염없이 술 장을 바라보는 아빠를 위해 큰맘 먹고 보모어 다키스트 15년을 꺼냈다. 훤한 대낮이었지만, 뭐 어떤가. 아빠는 엄마의 눈초리를 모른 척하며 술잔을 한두 번 기울이더니 달달하니 너무 맛있다며 싱글벙글 웃었다. 어라, 맛있다고? 작년까지만 해도 싱글 몰트를 드리면 한 모금 마시고는 그대로 잔을 내려놓았는데. 이번에는 아빠가 딸을 닮아 가는 걸까.

아마도 난 아빠의 입맛 변화가 반가웠나 보다. 그날 아빠와 양꼬치에 술을 거나하게 마셨고, 이글레어 10년을 챙겨 드렸다. 이글레어 10년은 미국의 대표 증류소인 버팔로 트레이스에서 만든 고급 버번위스키로, 달콤하고 고소한 풍미로 위스키 입문자들에게 추천되는 제품이다. 술이 든 종이 가방을 소중히 들고 가는 아빠의 모습이 어느 때보다 밝아 보였다.

며칠 뒤 아빠에게 전화가 왔다. 이글레어 10년을 너무 맛있게 잘 마셨단다. 뿌듯한 기분이 드는 동시에 다음에는 뭘 사갈지 즐거운 고민이 생겼다. 그다음 집에 갔을 때는 글렌엘긴 12년을 들고 갔다. 글렌엘긴 12년 역시 싱글 몰트위스키로, 버번 캐스크에 숙성되어 은은한 단맛과 고소한 향이 난다.

또 아빠에게 전화가 왔다. 얼마 전 지인들과의 모임에 글렌엘긴 12년을 들고 가서 그 자리에서 한 병을 모두 비워 버렸다나? 다들 맛이 좋다고 한마디씩 해서 기분이 무척 좋았다고도 했다. 요즘 아빠는 동네 친구들에게 싱글 몰트를 전파하느라 바쁜 듯하다. 그리고 그 자리엔 어김없이 내가 드린 술이 함께한다. 이러다가 그 작은 동네에 아빠 딸이 술쟁이라고 소문나는 건 아닐지.

얼마 전에는 아빠에게 위스키를 천천히 즐기는 방법을 알려 드렸다. 시간이 지나면 향이 바뀌며 맛이 좋아질 수 있으니, 뚜껑을 따고 위스키가 공기와 접할 수 있게 해 보시라고도 권했다. 학창 시절 주도酒道를 알려 주겠다며 소주잔에 술 따르는 법을 알려 주던 아빠에게 위스키를 추천하고 알려 드리는 상황이라니. 기분이 묘했다. 히스 씨는 다음에는 아빠를 위스키 바에 모시고 가야겠다고 한다. 아빠와 위스키 바라니. 재미있을 것 같기도 하고 상상이 잘 안되기도 한다. 아무래도 좋다. 위스키 바에 가도 좋고, 아빠가 좋아하는 양꼬치와 위스키를 얼마든지 사 드릴 수도 있다. 아빠가 오래도록 건강하게 나와 술잔을 기울일 수만 있다면.

보모어 증류소는 아일레이섬에서 가장 큰 보모어 마을에 있다. 스코틀랜드에서 가장 오래된 증류소 중 하나로 전통적인 제조 방식을 고수하는 것으로 유명하다. 히스 씨가 구해 온 보모어 싱글 몰트 15년 다키스트는 단종 제품으로, 보모어 증류소가 2017년 싱글 몰트 라인업을 개편하면서 지금은 다키스트를 떼고 디자인도 바뀌었다. 다키스트 15년은 12년 동안 버번과 셰리 캐스트에서 숙성한 이후 올로로소 셰리 캐스트에서 3년 더 숙성하여 만들었다.

변덕이 오는 날

 나는 변화를 즐기지 않는다. 그래서 늘 가던 곳에만 가지만 가끔 일어나는 변덕에 새로운 곳을 찾을 때도 있다. 하지만 그럴 때면 바 문을 열자마자 후회하곤 한다. 기세등등하게 문 앞까지 찾아가지만, 문을 여는 순간 어깨가 급속도로 쪼그라든다. 그렇다. 난 소심한 손님이다. 하지만 괜찮은 위스키 라인업과 적당한 가격에 집과 멀지 않은 거리의 업장을 발견하면 한 번은 꼭 가 봐야 하는, 호기심 많은 손님이기도 하다.

 이번에 간 바도 그렇게 찾아간 곳이었다. 번화한 거리에 있다는 점과 내부 공간이 협소하다는 점은 단점이라고 할 수 없지만 바 테이블을 포기해야 한다는 건 조금 아쉬웠다.

히스 씨와 나는 만석인 바 테이블 뒤쪽에 있는 정사각형의 키 높은 테이블에 앉았다. 자리에 만족하지 못해서일까, 하나둘 거슬리는 게 보이기 시작했다. 우선 우리가 앉은 테이블은 팔을 걸칠 때마다 까딱거렸다. 테이블 위에 인조 장미가 꽂힌 맥켈란 병도 불편했다. 불안해 보이게 왜 이렇게 두었담. 하지만 공간의 분위기와는 어울리니까 패스. 꿍얼꿍얼 불만을 안주 삼아 술잔을 비우면서 바 테이블에 자리가 나길 바랐고, 우린 첫 잔을 비우기 전에 자리를 옮길 수 있었다.

역시 난 바 테이블이 좋다. 술 장을 마주하는 바 테이블은 나름의 분위기가 있었다. 간간이 이루어지는 바텐더와의 스몰토크도 즐거웠다. 바에 드나든 지 얼마 되지 않았을 때는 인사말에도 목이 뻣뻣해지고 입이 떨어지지 않았다. 내 발로 찾아왔음에도 '여긴 어디, 나는 누구?'인 상태로 쭈뼛쭈뼛하기 일쑤였는데, 이제는 스몰 토크가 즐겁다니. 무뚝뚝한 바텐더를 만나면 서운한 마음이 들 정도로 변한 내 모습이 놀랍다.

젊은 사장님은 계속되는 주문에 분주해 보였다. 원래 출근하는 직원이 건강 문제로 나오지 못했다고 한다. 저런. 우리는 안타까운 마음을 담아 천천히 하시라고 말했다. 유리문을 활짝 열고 있는 가게의 열기가 바깥 거리까지 새어 나가는 듯했다.

옆자리 테이블에서는 먹음직스러운 스테이크를 앞에 두고 나이프를 든 채 열띤 대화를 하고 있었다. 우리는 주방과 홀을 오가며 바쁘게 움직이는 사장님이 한가해졌을 즈음 나폴리탄을 주문했다. 이해해 줘서 고맙다는 말과 함께 사장님은 근사한 나폴리탄을 만들어 주었다. 그 맛은 지금껏 맛본 나폴리탄 중 단연 최고였다. 대체 나폴리탄에 뭘 넣은 거지? 고맙다고 하더니만, 특제 소스라도 넣은 건가? 너무 맛있었던 나폴리탄과 좋아하는 위스키, 북적이는 분위기. 그날의 도전은 제법 성공적이었다.

지난여름 안개가 자욱했던 날, 나나 언니와 나는 인왕산을 올랐다. 나나 언니는 혀니 언니와 같이 수상 스키를 타면서 알게 되었다. 쉬는 시간이면 항상 책을 읽고 있어서 책을 참 좋아하는구나 싶었다. 어느 날 내가 좋아하는 소설을 읽고 있는 것이 반가워 먼저 말을 걸었고, 그 계기로 친해지게 되었다.

푸릇한 자연에 발을 들인 우리는 잔뜩 신이 났고, 평소보다 열심히 걷고 빨리 지쳐 산에서 내려왔다. 짧은 등산을 마치고 내려와 삼계탕을 한 그릇 비우고 나니 해가 졌다. 여름인데 왜 이렇게 해가 일찍 지는 건지. 좋아하는 사람과 같이 있어서 시간이 빨리 흐른 걸까.

요리가 나오기 전 식전주로 나오는 인삼주를 마셔서 그런가. 술이 아쉬웠다. 눈빛을 주고받으며 마음을 확인한 나나 언니와 나는 우리의 고픈 술배를 채우러 자리를 옮겼다. 옛 정취가 남아 있는 거리 한쪽, 언뜻 봐서는 한정식 식당이나 전통찻집 같은 외관의 바. 한 번쯤 가 봐야지 하면서도 여태 못 가고 있던 그곳에 가기로 했다. 힙하다더니, 정말 그런가 보다. 북적이는 사람들을 비집고 키오스크로 예약을 했다. 예약했으니 일단 후퇴, 가까운 카페에 들어가 기다리자.

기다림 끝에 들어선 바에는 나무가 가득했다. 전통 가옥을 개조한 바 특유의 굵직한 나무 기둥과 서까래가 시원시원하게 놓여 있고, 나무로 만든 술 장에는 갖가지 술이 가득했다. 거대한 캐스크에 들어온 느낌이랄까. 나무 향이 은은하게 나는 바, '참'은 포근하고 아늑했다.

안내받은 벽 쪽 작은 테이블에 앉아 주위를 살폈다. 직원들이 무척 분주해 보였다. 외국인들도 많았다. 한국의 전통 가옥을 개조한 곳에서 즐기는 위스키라니, 외국인들에게도 이색적이겠지. 우리는 바텐더에게 진 칵테일을 추천해 달라고 했다. 그런 다음 메뉴에 있는 설명을 참고해서 바텐더가 추천해 준 칵테일을 하나씩 골랐다. 주문을 받았던 직원은 간간이 들러 말을 걸었고, 한 직원은 홀을 돌면서 물 잔을 채웠다. 또 다른 직원은 옆 테이블의 새로 온 외국 손님에게 외운 듯한 문장들을 능숙하게 읊었다. 모든 것이 물 흐르듯 진행되는 듯한 느낌.

편안한 분위기 속 언니가 내게 주고 싶었다며 슬쩍 책 한 권을 꺼냈다. 갑자기 이 감동 뭐지. 책 제목은 《청춘의 문장들 (2022, 마음산책)》, 언니가 좋아하는 김연수 작가의 작품이다. 고맙다는 나의 말에 언니는 배시시 웃었다.

책 속 수많은 글귀 중 '컵라면이 익기만 기다리던 그 3분만큼이나 빨리 17년이 흘러갈 줄은…….'이라는 문장이 가슴에 와 꽂혔다.

그래, 시간이 너무 빨리 흘러간다. 더 열심히 마시고 즐겨야겠다.

 우리의 단골 바, 오피움

히스 씨는 어딜 가나 단골이 될 준비가 되어 있는 사람이다. 하지만 난 아니다. 난 내가 어딘가의 단골이 될 거란 상상은 해 본 적이 없다. 하지만 히스 씨와 다니다 보니 단골이 하나 둘 늘어 갔다. 오늘도 간다. 우리의 단골 바 오피움으로.

오피움은 집에서 버스로 10분이 채 걸리지 않는 곳에 있다. 날씨 좋은 날에는 걸어갈 수도 있다. 복작거리는 학원가의 조용한 골목으로 조금만 들어가면 센스가 돋보이는 디자인의 나무 간판이 나타난다. 알고 보니 그건 사모님의 솜씨였다.

좁은 계단을 반쯤 내려가니 음악 소리와 사람들의 웅성거리는 소리가 들려왔다. 자동문을 넘어 안으로 들어서니, 범이 씨와 사장님이 인사를 건넸다. 저쪽에서 손님들의 응대로 바쁜 사모님이 우리를 발견하고 환한 미소와 함께 손 인사를 했다. 다행히 바 테이블에 자리가 남아 있다.

처음 방문했을 때는 어쩔 줄을 몰랐는데……. 어색함에 뚝딱거렸던 그때를 떠올리니 웃음이 났다. 기네스 맛집이라기에 시켜 본 흑맥주에 눈이 동그래졌던 기억. 흑맥주가 이렇게 맛있는 거였나 싶을 정도로 부드러운 거품이 일품이었다. 거기에 음악 취향도 맞다. 음악을 좋아하는 히스 씨는 이곳의 음악을 좋아한다. 술과 음악에 조예가 깊은 사장님의 응대는 군더더기 없이 깔끔하면서도 친절했다. 사모님의 센스도 빠질 수 없다. 사모님의 센스는 간판에서 멈추지 않고, 가게를 찾은 손님들을 매료시킨다. 위스키 라인업에서부터 안주 개발까지, 손님을 위한 섬세함이 느껴진다. 단골이 되지 않을 이유가 없다.

첫 잔으로 몰트락 25년을 니트로 주문했다. 첫 잔부터 위스키를 주문하는 걸 보니 오늘 하루가 힘들었나 보다. 항상 위스키를 니트로 주문하는 것은 중간 순서였는데……. 뭐, 이런 날도 있는 거지. 내게 자주 주문하는 위스키가 생겼다는 사실이 신기하다. 끊임없이 궁금한 위스키가 생기고, 시도하게 되는 게 놀랍다. 좋아하는 것에 대해 조금씩 아는 것이 늘어나는 상황이 뿌듯하고 즐겁다. 즐겨 찾는 위스키가 달라지는 변화도 재미있다.

요즘 내가 가장 많이 찾는 위스키는 몰트락 25년 셰리 캐스크 숙성 제품이다. 도수는 46퍼센트로, 고든 앤 맥페일에서 만든 독병이다. 풍부한 셰리 풍미와 함께 과일, 캐러멜 등이 떠오르는 향이 좋다. 바닥에 깔린 듯한 지푸라기 같은 몽글몽글한 향도 나쁘지 않다.

달달한 향에 기분이 좋아졌으니, 이 기분을 이어 줄 다음 잔을 주문해야지. 히스 씨를 따라서 좋아하게 된 쿨일라 12년 하이볼을 한 잔 주문하고는 잔에 남은 위스키를 넘겨 비우는데, 옆자리에 앉은 영이 씨가 말을 건다.

영이 씨는 얼마 전 전주에 출장을 갔다가 곧바로 제주도 여행을 다녀왔다고 한다. 이미 얼큰하게 취해 보이는 그녀는 이곳이 3차고, 1차는 유자 막걸리 비슷한 걸 마셨고, 2차는 맥주를 마셨다고 한다. 앞에 놓인 잔을 보니 와인이랑 위스키도 마신 듯하다. 숙취가 없는 건지 내일이 없는 건지 모르겠지만, 일단 저렇게나 많은 술을 섞어 마셨다는 점에 절로 박수가 나왔다. 항상 밝은 얼굴에 활기찬 성격으로 주변 사람들을 즐겁게 만드는 영이 씨와 수다를 떨다 보니 어느새 눈앞에 쿨일라 하이볼이 놓여 있었다. 특유의 피트 향을 뿜으며.

저쪽에는 남자 손님 셋이 와서 위스키 잔을 두고 이런저런 얘기를 하고 있었다. 실내가 좁다 보니 어쩔 수 없이 이야기를 듣게 되는데, 그중 한 명이 피티드 위스키가 맛있다고 하자 나도 모르게 고개를 끄덕이고 말았다. 사장님이 그에게 다른 종류의 피티드 위스키를 권했다. 그렇지. 저것도 맛있어. 안 되겠다. 다음 잔은 나도 피티드를 한잔해야지. 오늘은 위스키만 마셔야겠다. 히스 씨가 나에게 옥돔을 권했다. 옥돔? 생선 위스키야 뭐야. 옥돔은 옥토모어의 별명이라고 한다. 아……. 히스 씨는 종종 이렇게 실없는 농담을 던진다. 그래, 그 농담 받아주지. 오랜만에 옥토모어를 마셔 주겠어.

사장님이 옥토모어 한 잔과, 이번에 새로 만든 요리인데 맛보라며 손님들에게 음식을 나누어 줬다. 두꺼운 면의 라구 파스타다. 어머, 나 밥 먹고 왔는데. 하지만 안 먹을 수 없지. 이럴 때면 어릴 때 엄마가 하던 얘기가 생각난다. 집에서는 그렇게 밥을 안 먹더니, 좋아하는 언니네만 가면 밥을 너무 잘 먹어서 그 집에 가서 밥을 먹이곤 했다나.

어렸을 적 좋아하는 언니를 떠올리며 옆에 앉은 하니 언니를 바라봤다. 하니 언니와는 이곳에서 만나 친해졌다. 술 취해서 내뱉은 의미 없는 말들도 잘 들어 주는 마음씨 좋은 언니다. 한 번쯤 내칠 만도 한데 하니 언니는 언제나 다정하게 대해 줬다. 언젠가 언니와 얘기를 하다가 눈가가 촉촉해졌는데, 도통 무슨 얘기를 했었는지 기억이 나지 않는다. 눈물과 함께 내 기억도 사라진 모양이다.

올빼미족인 히스 씨와 나는 손님들이 거의 없는 시간을 노리곤 하는데, 오늘은 주말이라 다들 늦게까지 마실 작정인 듯하다. 흥이 나는 분위기에 취기까지 더해지니 축 처졌던 기분이 언제 그랬냐는 듯 신이 났다. 가만히 앉아서 턱을 괴고 음악을 듣고 있는 것만으로도 기분이 나아졌다. 나는 위스키 네 잔에 결국 병맥주까지 마시고 말았다.

이제 집에 가야 하는데, 히스 씨는 어느새 옆자리 손님과 친해졌는지 입이 쉬지 않는다. 들어보니 여행 얘기를 하고 있는 듯했다. 내가 먼저 가겠다고 말하자, 히스 씨는 같이 가자며 자리에서 일어났다. 무슨 할 말이 그렇게나 많은지 배웅하러 나

온 하니 언니와 지난여름 이야기를 잠깐 하다가, 이젠 정말 가야겠다고 발길을 돌렸다.

아직 날이 밝아 오지 않은 맑은 하늘에 총총히 박힌 별이 보였다. 바람이 없어 그런지 그리 춥지는 않았다. 히스 씨가 집에 어묵이 있으니 해장을 하자고 한다. 이 시각에 어묵이라니. 오늘은 집까지 걸어가야겠다.

스코틀랜드에 있는 고든 앤 맥페일은 독립 병입자이자, 세계적인 싱글 몰트위스키 회사다. 120년이 넘는 시간 동안 쌓은 노하우와 장인 정신으로, 300여 종의 다양한 독립 병입 제품을 출시하고 있다. 80년 숙성된 위스키를 병입한 '고든 앤 맥페일 1940 글렌리벳 80년'은 현재까지 독립 병입된 위스키 중 가장 오래된 스카치위스키로 기록되어 있다.

오늘도 위스키

춥지만 따뜻한 연말에 위스키를 좋아하는 사람들이 모였다. 난 준비해 온 위스키를 꺼냈다. 라벨에 그려진 민트, 애플파이, 시나몬, 오렌지, 사과 등은 위스키에 담긴 향을 말하는 듯하다. 도수는 61퍼센트, 꽤 높다. 히스 씨와 둘이 마시는 것도 좋지만 오늘은 다 같이 마실 거다. 여럿이 둘러앉아 주절거리며 마시는 것도 즐거우니까.

뚜껑을 따고 아래가 볼록한 글렌케런 잔에 따라 조심스럽게 향을 맡았다. 막 딴 위스키는 알코올이 훅 하고 들어올 수 있으니 조심해야 한다. 곧이어 한 모금. 음, 생각보다 맵군. 시간을 두고 마셔야겠다. 히스 씨도 생각보다 매운 향이 강해서 조금 있다가 다시 마셔 보겠다고 했다. 다른 사람들은 어떻게 느꼈을까? 맞은편에 앉은 애니 씨는 피티드 위스키가 아니냐고 물었다. 하지만 이건 피트가 전혀 없는 위스키다. 아마도 스모키와 헷갈린 듯싶다.

몇 분 뒤 다시 한 모금 마셔 봤다. 스파이시가 강한 것이 내 취향은 아니다. 라벨에 그려진 향을 잡아 내려 천천히 맛을 음미했더니, 향들이 하나씩 툭툭 올라온다. 가장 빨리 느껴지는 건 민트와 시나몬이고, 오렌지 향이 가장 마지막에 잡혔다. 하나씩 향을 찾아내는 게 꽤 재미있었다. 이렇게 향이 잘 잡히는 위스키는 오랜만이다. 그렇다고 밸런스가 나쁜 것도 아니다. 뚜껑을 오늘 땄으니, 이 재미있는 위스키는 나중에 다시 맛을 보자고 의견을 모았다.

이제 매운맛을 달래 줄 위스키를 한잔해야겠다. 배가 고픈 애니 씨가 치킨을 주문했다. 히스 씨는 어느새 맥주를 한 병 주문했다. 애니 씨의 히말라야산맥에 다녀온 이야기를 시작으로 이야기가 쏟아져 나왔다. 이어지는 수다, 수다, 수다. 너무 많은 이야기를 들어서일까, 아니면 술을 많이 마셔서일까? 상황은 기억나는데 이야기 내용은 기억나지 않는다. 얼마 후 진주 씨가 도착했고, 내 옆자리에는 미미 씨가 앉았다. 어느새 새벽 두 시를 훌쩍 넘기고 있다. 오늘은 영이 씨가 오지 않으려나 보다.

12월 24일. 크리스마스이브 날, 고이 모셔 둔 술을 챙겼다. 혹시 몰라서 준비해 둔 다른 위스키도 가져가야겠다. 술이 부족할 수도 있으니.

예약 손님이 다 모이자 사장님은 청포도로 만든 샴페인 블랑 드 블랑을 한 잔씩 따라 주었다. 눈앞에 놓인 샴페인을 순식간에 넘기고, 마시던 와인도 비웠다. 가져온 와인 중 다른 하나를 따서 잔에 따라 둔다. 향이 풀리려면 시간이 좀 필요한 와인이다. 향에서 포도밭이 떠오른다. 이건 분명 맛이 좋을 테다. 나는 남은 진피즈를 비우고는 윌슨 앤 모건의 벤네비스 25년을 따랐다. 진득한 셰리 풍미가 일품이다. 히스 씨는 같은 회사의 쿨일라를 주문했다. 둘 다 내가 좋아하는 위스키다. 어쩜 이렇게 맛돌이들만 골라 마시는 걸까 싶어 씨익 입꼬리가 올라갔다.

한차례 위스키를 마시고 난 뒤 다들 약속이라도 한 듯 선물들을 꺼냈다. 선물을 주고받고, 다시 잔을 채우고, 이어지는 웃음들. 공간을 따뜻하게 채우는 반짝이는 조명 아래 여기저기 잔을 부딪치는 소리가 정겹다. 겨울이 지나기 전에 같이 여행을 가자, 내년 여름이 오기 전에 위스키 행사에 같이 가 보자, 집에 사 둔 귀한 위스키가 있으니 좋은 날 좋은 곳에 가서 마시자……. 향기로운 약속이 오갔다. 할 일이 많아졌다. 다가올 한 해가 풍성해졌다.

어제 사려고 봐 둔 위스키는 맛이 아주 좋을 것이다. 이건 새해를 핑계로 마셔야겠다. 아껴 둔 와인도 있으니 다음에는 그것도 가져와야지. 하니 언니도 같이 마실 와인이 있다고 한다. 우리에게는 나눠 마시고 싶은 술이 많다. 말로 표현하지 못할 즐거움이 가슴 가득 차오른다. 어제는 잠을 푹 잤더니 기분이 좋다. 그러니까 오늘도 위스키를 마셔야겠다. Cheers!